未讀 | 思想家

UNREAD

日本NHK公开课

The Last Lecture
最后的讲义
电影即哲学

大林宣彦

[日] 大林宣彦——著 陈博腾——译

如果今天是你人生中的最后一天，
你会传达些什么？

海峡出版发行集团 THE STRAITS PUBLISHING & DISTRIBUTING GROUP | 海峡书局

“在人生的最后一天，你会讲述什么？”

本书为日本国家电视台NHK的人气节目《最后的讲义》的完整记录。

集结了站在各个行业最前沿的专业人士，让他们带着一个问题——“在人生的最后一天，你会讲述什么？”给学生上一堂课。

让我们一同体会各界顶尖人物本着“最后一天”的觉悟，所带来的“最后一课”。

目录

第五章　直到不再需要电影的时代

终章　最后的话

*本书内容来自2018年3月播放的《最后一课〈大林宣彦〉》（NHK）。

作者所说的内容均是基于当时社会背景下发表的言论。

序章

电影，即是哲理

我现在还能做电影的理由

或许到场的观众们都知道，我在2016年8月确诊为肺癌晚期。那时候医生说我最多还能活3个月，然而我却一直活到了今天，现在谁也不知道我到底还能活多久。

我被确诊患有癌症的时候，正值电影《花筐》[①]开机，员工们都已经在佐贺县唐津市集合了。一般来说，在这种情况下拍摄肯定是要停止的，但是我当时

① 《花筐》：上映于2017年的日本电影。原作是檀一雄的小说《花筐》。描写了佐贺县唐津市在太平洋战争开战前的日子。电影由窪冢俊介、矢作穗香、常盘贵子主演。

服用的一种叫作易瑞沙的抗癌药物实在有效，拍摄工作得以继续，电影也顺利完成。

一种抗癌药物一般不能长期服用，必须更换其他药物。因此我的头发都掉光了，所以必须戴着帽子，看起来就像黑帮一样。

为什么我说我光是戴个帽子就像黑帮呢？那是因为我是个电影界的老古董了。

亨弗莱·鲍嘉[①]、詹姆斯·卡格尼[②]、爱德华·罗宾逊[③]，大家可能听都没听过这些名字，这些人都是出演过黑帮的著名演员。有一点特别好玩，就是他们都是纽约人，仿佛是个来自纽约的演员都得演过黑手党才能成名，然而实际上黑帮却是起源于意大利的。

你看这一说起电影，我这嘴就停不下来了。

---

① 亨弗莱·鲍嘉(1899—1957)：美国演员，生于纽约。代表作有《卡萨布兰卡》(1942)等。

② 詹姆斯·卡格尼(1899—1986)：美国演员，生于纽约。代表作有《人民公敌》(1931)等。

③ 爱德华·罗宾逊(1893—1973)：美国演员，生于罗马尼亚，在纽约长大。代表作有《小凯撒》(1931)等。

来听我的《最后一课》的各位，想必将来可能会投入电影制作的行业中，在那之前我想大家可以了解一下过去的电影。

我唯一自豪的一点，就是我看的电影可能比任何一个活人看的电影都要多。正是因为我看了那么多，所以我现在站在电影拍摄的第一线。我一直以来都非常感谢大家观看我的电影。

所以，接下来，我要讲一些过去的故事，一定会对未来的你们有所帮助。

我一直都有“最后一次”的觉悟

节目名《最后一课》在一开始就定下来了，我就从这个题目开始讲吧。

标题这个东西是很重要的。电影也是如此。

被医生告知只能活3个月的我，本是不该活这么久的。这节“最后一课”说不定就真是我的最后一课了，虽然我一点也不在意。

这是因为拍一部电影，要花的时间少说两三个月，多则一年。

光是拍摄《花筐》，我就酝酿了40年，《花筐》的剧本我在40年前就写好了，但是一直没法拍出来，它算是一个特例。但是只要一部电影开机了，那我就至少还得活3个月或者1年。这是我身为一个电影人最为重要的职责。

但是死亡，总是在意想不到的时候到来。

当你走出家门的时候，天上可能掉下什么东西；当你走在路上，开来的车可能就把你撞了。

于是拍摄电影的时候，我一直带着一种觉悟，坚信："拍完这部之前我才不会死呢。"

所以我拍摄的电影，总是我的最后一部电影，和最后一课有着相同的意义。

"这就是最后了，有可能这就是我最后一部电影了。但是在拍完它之前我绝对不要死，好好拍完让未来的人们好好看看。要把电影一直传递到未来去！"

这种觉悟，一直都在我心中。

大家可能会觉得，我都是80岁的老头了，有这种觉悟不是很正常吗。但是我在小的时候，就有这种觉悟了。

大家大概会好奇："为什么小时候就有这种觉悟

了？”那是因为我出生的年代是战争年代，有这种觉悟再正常不过了。

我生于1938年，正值日本侵华战争[①]时期，而当我开始懂事的时候，日本已经发动了太平洋战争[②]。

正因如此，我小时候认识的人就有不少死在了战争中。所以那时候的我也会想："说不定，明天我就死了呢。"

小时候的我可能没把死当回事。一直生活在生死之间的我早就分不清生与死的界限了。

小时候我玩的游戏，也总是战争游戏。就连我在玩战争游戏的时候，我也总是想着"这可能是我最后一次玩战争游戏了"；我在看书的时候，也想着"这可能是我最后一次看书了"；和邻居哥哥一起玩游戏的时候，我也想着"这可能是我们最后一次一起玩了"。

---

① 日本侵华战争：以1937年的卢沟桥事变为标志，日本发动了对中国的侵略战争。后来演变升级成了太平洋战争。

② 太平洋战争：1941年12月8日，日本对美国位于珍珠港的海军基地发动了偷袭。以此日本正式对盟军宣战，加入第二次世界大战。

我就一直抱着这种想法长大了。

这就是我们这一代人的经历。

淀川长治的教诲和临终

有很多电影界的前辈，也像今天的我一样，留下过“最后一课”。

我印象最深刻的是淀川长治[①]先生。

他是一位评论家，可谓电影界的老前辈，年纪大概和我父亲一般大，是第一位在电视上介绍电影的人，就是因为他，现在的日本人才开始大量地观影。我们每个电影人都很感谢他做出的贡献。

① 淀川长治（1909—1998）：电影评论家、杂志编辑，担任电视节目《周日海外电影剧场》（1966年更名《周六海外电影剧场》）的解说，在日本无人不晓。

他热爱电影，并以电影为荣。

淀川先生曾对我说过：

“大林啊，我出身于艺伎管理所[①]家庭，小时候最讨厌学习，最讨厌上学了。要是浑浑噩噩地活下去，我八成会变成小偷，成为恶人，被整个社会排斥在外。但是不知为什么我就是太爱电影了，我发誓在电影界我绝不输给任何人，于是拼命地学习电影。也正是如此我才能在这个社会正正当当地活着。所以，我称电影为我的‘学校’，而我通过努力成了这所学校里的好学生。这样，我才总算是理解了社会的常识，成为一个普普通通的老大爷。所以大林你也要尊敬电影、爱电影，学习电影里的常识，成为一个有常识的好人啊！”

他这么说，是因为电影中包含了很多大家意想不到的常识。

而我，虽然接受了淀川先生最后的教诲，但也不

---

① 艺伎管理所：江户时期成立的一种艺伎的中介所，主要功能为介绍艺伎给各种客户、施行艺伎考试等。——译者注

过是个巧合罢了。

为什么说是巧合？因为那时候的我，包括淀川先生他自己，都想不到他什么时候会去世。

他只是个相信自己会和电影一样永存的人罢了。而这正是人类的悲哀，那段话好巧不巧成了他最后的教诲。

但是他就跟平时一样，满怀骄傲、一脸喜悦地对我说出了那番话。

不对，现在想想那天确实有点不对劲。他是一边咳嗽着一边说的。明明平常都慢悠悠地说着电影的事情，那天却意外地有种紧迫感，他的身体仿佛在说："今天我必须先说这件事，这部电影我一定要给没看过的人推荐一下。"

说不定，是淀川先生体内司掌生命的神灵，让他预感到那天会是最后一天了呢。

那时淀川先生的话语和神采，我一生都不会忘记。

手冢治虫留下的哲理

另一个让我印象深刻的人，比淀川先生稍微年轻一些，他被称为漫画之神，是日本动画行业的先驱。他就是手冢治虫[①]。

他比我大10岁左右，像我的哥哥一样。他作为漫画家出道的时候，正值日本战败。那时他开始在《每日新闻》的儿童报纸（《少国民新闻》）上连载漫画。小时候的我很喜欢看那份报纸，忽然有一天上面就写

① 手冢治虫(1928—1989)：日本漫画家、动画导演。1946年1月，他在《少国民新闻》(现在的《每日小学生新闻》)上开始连载《小马日记》，从此走上漫画之路。代表作有《火之鸟》《怪医黑杰克》等漫画作品，以及《铁臂阿童木》等动画作品。

着“下周由寸头哥哥手冢治虫来给小朋友们画漫画”。

那时候他还不叫“Osamu”而是叫“Osamushi”①。

在他之前，我们都是看那些很厉害的老爷爷画的漫画，从来没有过“哥哥”给我们画漫画的，单是这一点我就觉得很新鲜很期待。当然他后来画了很多很多的漫画，我们也看了很多很多他的漫画。

而手冢先生，最后也罹患了癌症。

那时我每次见他，他都越发消瘦。周围的人都知道他大概时日不多了，都守在他身旁。然而手冢先生一点都不觉得自己命不久矣，直到生命的最后一刻，他依旧坚持不懈地进行着漫画创作。

最后，他还是留下了三本没画完的漫画，

① 手冢治虫，原名手冢治（Teduka Osamu），画漫画笔名为手冢治虫（Teduka Osamushi），后保留了笔名的汉字，而将读音改为本名。——译者注

《新·浮士德》[1]《路德维希·B》[2]和《外国佬》[3]。

慢慢地，他的漫画变成了铅笔的线稿。最后，纸上只留下一条线，手冢先生真的是直到最后一刻都没有停下手中的笔。我想，一定是必须画下去的信念支撑着他画到了最后一刻。

所以，就连那最后一条线，都称得上是手冢先生的漫画，是艺术，也是他的哲学。虽然它已经不再是漫画了，却化作了某种哲学。最后那条线，手冢先生究竟想要画些什么呢？

要一直活下去，要一直画下去，有我必须传达的东西。手冢先生肯定也是这么想的。

所以他知道，“我不能死”。

那最后一条线就是这样告诉我们的。手冢先生

---

① 《新·浮士德》：1987年连载于《朝日Journal》。改编自歌德的《浮士德》，传手冢先生的最后一笔正是留在该作品上。

② 《路德维希·B》：1987年连载于《*Comictom*》。主人公为路德维希·范·贝多芬。

③ 《外国佬》：1987年连载于《*Big Comic*》。描写日本经济高度成长期一名上班族的故事。

最后一张漫画，最后一条线，就是给我们上的最后一课。

方才我提到了“哲学”这个字眼，今天我的课最想告诉大家的，就是“电影即哲学”。

然而哲学（Philosophy）是什么呢？

这个词是从英语翻译过来的。

虽然电影一般被认为是一种娱乐方式，能够简洁明了地传达一些哲理，使它们不必埋没在历史的风沙中。但是电影的本质，并不是在娱乐作品中强插哲理，而是要基于哲理来创作娱乐作品。这一点，请大家牢记在心。

为了未来，我必须活下去

我现在拿着话筒跟大家讲话，又让我想起一个人。他就是被称为“世界的黑泽明”的黑泽明[①]导演。黑泽导演一拿起话筒，话筒一定会出故障发不出声音。

黑泽先生的拍摄现场，有时候会集结两三万人，而他的导演部门只有7名左右的工作人员。有时候拍摄外景，演员距离黑泽导演有一两公里远，但是黑泽还是叮嘱助理导演们：

① 黑泽明（1910—1998）：日本电影导演。代表作有《罗生门》（1950）、《七武士》（1954）、《影武者》（1980）。

“听好了，如果你只用话筒跟演员讲，你只能把你要讲的信息传达给演员，而无法把心意传达给他们。如果你不把心意传达给演员们，他们就演不好戏，我们就拍不出充满心意的电影。想要传达我们的心意，我们就只能跑遍整个片场，找到每一个你要说话的人，用肉体发出的声音来传达信息。”

这就是黑泽电影的哲理。

我跟黑泽先生开始打交道的时候，他已经80岁高龄了。他自己肯定是没法跑两千米去给别人说戏了，所以现场总是为他备有一支话筒。但他嫌弃地拿起话筒开始讲话的时候，话筒就不出声了。制片都觉得是话筒坏了，但是制片一试，话筒又能出声了。

每次黑泽先生一要说话，话筒就不出声。

我想，看来话筒也有自己的心意。

我可是亲眼看到了，只要不喜欢话筒的人拿上话筒，它就不出声了。

看来无论什么东西，都有自己的心意啊。

我的最后一课就是这样，什么关于电影的话题都说一点。

虽然我已经说了好几遍了，今天可能真的就是我的“最后一课”了。大家看我今天走上这个讲台都得拄根拐杖，忽然发生什么也不奇怪。

但是，我是不能死的。

要是我不能亲眼见证大家对未来的电影做出的贡献，我死都死不干脆。

实际上我根本不觉得今天会是最后一课，那我为什么要上这节课呢？是因为我必须为了未来活下去，我必须告诉大家那些过去的事。

那我们可以开始上课了。

最后同时连接着最初。

这将会是我最初，也是我最后一节课。

第一章

包含在“那个时代”电影里的信息

看老电影的意义

我身后贴着许多电影的照片，可能都是些大家没看过的电影，但我每一部都赶在首映的时候看了。

除了乔治·梅里爱[①]的无声电影[②]《月球旅行记》[③]我实在没法在首映的时候看，因为这部电影比我的年

① 乔治·梅里爱（1861—1938）：法国电影导演。原本是一位魔术师，在接触了卢米埃尔兄弟的电影之后开始制作电影。他被称为“世界上第一位职业电影导演”“特殊摄影鼻祖”。

② 无声电影：即没有声音，只有影像的电影。与之相对的有声电影出现于1927年。

③ 《月球旅行记》：1902年世界首映（日本首映是1905年）的法国无声电影。上映时长14分钟。

纪还大，但我在重映的时候也去看了。

到20世纪60年代之前，我把能在日本看到的所有电影都看了！

现在这个时代，我们能轻而易举地看到老电影了。有很多老电影都制作成了DVD，那些著作权到期的电影更是在电脑上就能观看。如今，点点鼠标，就能看到当时怎么也看不到的电影。而我也由衷希望大家去看看那些比我们岁数都大的老电影。

我曾经做过一个电视节目，叫作《回忆电影院》[①]（“いつか見た映画館”），做了八年。每个月都在节目里介绍两部电影，我来进行40分钟左右的解说。近几年也有放一些无声电影。

无声电影的影像都是黑白的，时长也都是参差不齐的，有连20分钟都不到的，也有3 ~ 4个小时的大长篇。

但对今天的人们来说，坚持4个小时看一部没有

① 《回忆电影院》：首播于2009年。在日本卫星电视频道《卫星剧场》播出。于2016年出版成册。

声音的视频，光是想想就已经让人打退堂鼓了。可能只得战战兢兢地把电影分成两部分，两天看完。

即使是如此难以克服的困难，我也希望大家能看看这类电影，就当是被我给骗了。如果你把碟片放进机器打开开关，看到影像出现的时候，有松了一口气的感觉，那你很轻松就能看上一个小时。

而究其原因，只是它确实如此有趣罢了。

当你忘我地看了一个多小时，就会忽然发现自己已经站起来看了。就算现在坐回去，不一会儿你会连沙发有靠背这件事都能忘记，伸长脖子看入迷了。

大家也许会吃惊，无声电影会这么有趣吗？

大多数人一听到无声电影既没有声音也没有色彩，必然产生很无趣的印象。但是反过来说，这些电影得在既没有声音也没有色彩的条件下，吸引人们去看3 ~ 4个小时。在这种条件下给观众传达信息的难度可见一斑。

也正因如此，为了让仅有的影像看起来更有趣，当时的影像制作者使尽了浑身解数。所以就算只有影像，那时的电影看起来也很有趣。

当电影里出现了声音，制作者们就开始依赖声音，影像也会变得粗糙。而色彩出现之后更是如此，制作者们更加依赖，于是自甘堕落。

而自甘堕落的结果，就是现在的电影成了最无聊的电影。

而我，到了80岁还在拍摄电影的第一线，就是想告诫自己，不能失去无声电影那种吸引人的力量。

为此，我要继续制作有趣的电影，要做到不输给120年前人们所拍摄的、连声音都没有的电影。

大家可能或多或少，心中都有一个疑问："大林导演即使到了80岁也不见老态，拍摄的电影如此年轻，这到底是为什么呢？"

我的答案是：我之所以能拍出这些让大家瞠目结舌的年轻作品，是因为我一直都在看老电影。

希望大家能先理解这个道理。

《七武士》和将来应当去拍的电影

方才我提及了黑泽明先生，黑泽明先生有一部叫作《七武士》[①]的作品。

这部作品直至今日，在世界上仍享有盛誉，但是首映的时候，还是有不少否定声音的。日本最有权威的电影杂志《电影旬报》的年度十佳，当年它也仅仅排在第三位。

否定者大多是看到宣传中说《七武士》是“黑泽

① 《七武士》：原题“七人の侍”。首映于1954年的黑白电影作品。由三船敏郎、志村乔主演。美国在1960年翻拍《七武士》，叫作《豪勇七蛟龙》。

明拍摄的西部片”，他们以为是快节奏的古装动作片呢，没想到节奏竟然如此缓慢，完全没有西部片紧张的节奏感。

黑泽先生那时也是东宝电影公司的员工，听到否定声音的他决定削短电影时长，所以剪掉了几个场景，制作了删减版。当年威尼斯国际电影节[①]上映的也是删减版。

在那之后很长一段时间，上映的版本都是删减版的，但是我很幸运，在那之前我就已经看过没有删减过的版本了。

为了让影片节奏更好，黑泽导演制作了删减版。这反而导致他真正想呈现的重要内容被删减了。

在制作《七武士》的时候，黑泽导演肯定是想拍

① 威尼斯国际电影节：世界三大国际电影节之一。1951年，黑泽明导演的《罗生门》夺得威尼斯电影节最高奖——金狮子奖。这是日本电影首次夺得该奖项。

约翰·福特[1]导演的《关山飞渡》[2]那样的快节奏西部片的，但是他又不愿意创作毫无哲理的电影。

《七武士》讲述的是农民们为了保护自己不被山贼侵扰，请来愿意帮助农民的武士和山贼战斗的故事。在这部电影中，黑泽导演想要重点展现的并不是单纯的动作场景，而是百姓与武士究竟哪一方活得更有人性。

农民们把稻米都给了来帮忙的武士，自己却只吃稗。由志村乔[3]饰演的武士头领在听说此事之后，充满义气地说道："这饭，我不会随随便便就吃了的。"这个场景看似简朴，但是人们看了都忍不住流下泪来。

《七武士》就是这样一部展现日本人精神面貌的

---

① 约翰·福特(1894—1973):美国电影导演。代表作有《关山飞渡》(1939)、《愤怒的葡萄》(1940)等。

② 《关山飞渡》: 1939年上映的美国电影。约翰·韦恩主演。西部片杰作。

③ 志村乔(1905—1982):日本演员,除了《七武士》,还出演过《罗生门》(1950)、《生之欲》(1952)等黑泽明导演的电影。

电影。但是想要在世界的舞台上出头，《七武士》需要删减镜头以加快节奏，所以就不得不删去一些展现精神的部分。这就很难称得上是“世界的黑泽明”为我们带来的电影了。

而身为和黑泽导演同处一个时代的晚辈，我忍不住去想黑泽导演在此事上会有多耿耿于怀。为了将日本的电影呈现给世界，他不得不收起黑泽电影独有的表达，而去拍一部很像美国电影的电影，这该多让他感到遗憾啊。

我说这些，是想让大家知道，这部电影诞生之前，是存在着莫大的苦痛的。

正因为我深知黑泽导演喜悦的背后有多少懊悔和悲伤，所以我深感我应该将这个事实讲给大家。而为了消解黑泽导演的懊悔，我希望大家应当有一种自觉，一种誓要制作出新的《七武士》的自觉。而且这一定是一部完全不同于黑泽导演的，属于你们的《七武士》。

知晓过去正有这种意义。

现在大家要做的，就是把过去的电影变成未来的电影。这便是把电影传递至未来的方法。

《夏威夷・马来海海战》的特摄场景

其实不只是黑泽导演，我的前辈们都是经历过战争的人。看前辈们的电影，我总是能隐约感受到其背后战争的影子。

但是生活在和平年代的大家可能已经很难感受到了，因为在这些电影里，战争通常不会体现在画面上。

经历过战争的电影导演若是想要客观地展现战争，就得一直展现我们输掉的那些战争。

黑泽导演的老师山本嘉次郎[①]先生正是一位善于拍摄战争题材的导演。

他在战争期间，受日本海军的命令制作了一部鼓吹战争的电影——《夏威夷·马来海海战》[②]。虽说如此，这部电影还是相当有艺术成就的，我小时候就看过这部电影。

电影场面非常壮观。有一幕是零式战斗机在天上飞舞，攻击夏威夷珍珠港。然而当时根本不可能有胶片记录过那一刻的画面。可能有美国纪录片呈现过一些当时的画面，但在日本这种纪录片还是很少的，可以说几乎不存在。

那嘉次郎先生是如何做到的呢？

他请到了后来拍摄《哥斯拉》[③]的名导演圆谷英

---

① 山本嘉次郎（1902—1974）：电影导演。自日本大正时代就开始了电影创作。“二战”结束后导演了东宝电影公司的第一部彩色电影《花中女》（1953）。

② 《夏威夷·马来海海战》：1942年日本军国政府为纪念太平洋战争开战一周年，命令东宝电影公司制作的电影。

③ 《哥斯拉》：1954年上映的黑白电影。《哥斯拉》系列开山之作。由本多猪四郎担任导演，圆谷英二担任特殊技术。

二[①]同他一起制作了场景的微缩模型，从而重现了珍珠港轰炸。

真的非常精彩，连美国的纪录片也使用了这一场景。

大家觉得纪录片用的都是真实影像吧？其实不然，美国的那部纪录片就用了很多嘉次郎先生和圆谷英二先生制作的偷袭珍珠港片段。看的时候我以为是纪录片，结果看到好几个日本电影演员，比如大河内传次郎[②]、藤田进[③]，吓了我一跳。

可能是拍美国纪录片那帮人觉得《夏威夷·马来海海战》里面的场景是真实场景才用的吧。

好莱坞电影就是这样，即使是拍纪实电影，只要

---

① 圆谷英二（1901—1970）：日本特殊摄影导演。创立了圆谷制作公司，拍摄了《奥特Q》《奥特曼》等奥特系列作品，被称为“特殊摄影之神”。

② 大河内传次郎（1898—1962）：日本演员。主演了《忠次旅日记》（1927）系列无声电影，一举成为日本古装片明星。

③ 藤田进（1912—1990）：日本演员。主演过黑泽明导演的《姿三四郎》（1943）。

特摄影像比现实影像看起来好，就敢堂堂正正地用特摄来代替真实场景。

《关山飞渡》的约翰·福特导演，因为对祖国深深的爱，自愿加入美国海军，担任太平洋战争纪录片的摄影师。

当时他遭遇日军攻击受了伤，在那之后，他的眼睛就一直缠着绷带。

约翰·福特导演当时在日军暴雨般炮火的攻击下，一直在想“早知道是这样，我还不如回好莱坞待着得了”。他那时手持一台16毫米的胶片摄影机在战场上拍摄，摇摇晃晃连焦都对不准。他肯定觉得，这还不如在摄影棚里搭个景拍出来的好看呢。

身为一个电影人，你对电影最大的信赖就是相信棚里能再现出比真实影像还要真实的场景。

但是，到了现在，很多人对特摄影像的看法变了。有人觉得在战场上真实拍摄的场景即使没对上焦，画面摇摇晃晃，它也是真的，肯定更有冲击力。现在的人一眼就能分辨出一个画面是不是在棚里用吊臂拍出来的，也能分辨出哪些是实拍的纪录片，哪些是棚拍的剧情片。而在过去，那些在大战中拍摄电影的前辈根本不会故意区分纪录片和剧情片。

小津安二郎制作“豆腐店电影”的理由

小津安二郎[①]是一位能代表日本的电影大师，印象里大家可能会觉得他是一个和战争无缘的人。

当时的松竹电影公司，一直以拍摄温馨安稳的传统家庭片闻名。比如，山田洋次[②]先生的作品就是很有代表性的松竹电影。而小津导演也是在松竹浦田摄影所正式开启了他的电影人生涯，那时的他也拍摄传

---

① 小津安二郎（1903—1963）：日本电影导演，1927年加入松竹公司开始制作电影。代表作有《晚春》（1949）、《东京物语》（1953）等。

② 山田洋次（1931—）：日本电影导演。导演编写了《寅次郎的故事》《钓鱼迷日记》系列电影。

统的温馨家庭片。但是众所周知，后来小津导演出名的理由却是打破常规、颠覆了电影拍摄的基本准则。

学习电影的人都知道一个常识，在拍摄人物快速剪切镜头时，如果人物A看向镜头右侧，那么人物B就要看向镜头左侧，从而在剪辑时能够将两者的视线连接起来。在电影中，这个常识已经不是一种技巧，而是一种法则了。用这种技巧去拍摄家庭片，就会呈现出一个似圆环一般，完整而紧密的家庭。

但是小津导演却反其道而行之，即使是同样的剧本，他也不会将人物的视线连接在一起。也因此，他电影中的人物总是不知看向何方，对其他人物满不在乎。在松竹电影公司，用这种方法拍摄是会被当新手嘲笑的。小津导演却故意这么拍。他就这么一边拍着传统的松竹电影，又一边故意拍专业导演绝不会拍的“新手”镜头。但也正因为如此，他那些展现了战后日本人生活的电影是如此地与众不同。比如说《东京物语》[①]就很有代表性，与其说它描写了家庭的圆满，

① 《东京物语》：首映于1953年。由笠智众、原节子主演。讲述了一对老夫妇前去东京，拜访住在那里的孩子的故事。

不如说它描写了家庭的分崩离析。

这就是电影的恐怖之处，只用一些技术上的技巧，就能把一部电影变成另一个样子。

“二战”时期，电影行业完全被日本军国主义政府统领了。

首先，拍摄电影的预算被大幅削减，而且军队还会要求拍特定的剧本，其他类型的电影都不能随便拍。之后日本战败，虽说没有军队的人指手画脚，但资金还是不多的，那时候甚至有八个导演合拍一部戏的窘况。

身为松竹电影公司的门面导演，小津导演也被军队指使，远渡新加坡拍摄鼓吹战争的电影。

要是他不愿意，马上就会被定为国家罪人，所以他只能接下工作，奔赴前线。

但是小津导演也没有对军国主义政府言听计从，他不想拍鼓吹战争的电影，所以他选择一个镜头都不拍。“一个镜头都不拍”可能就是小津导演的哲理。

电影人并不是只有拍电影的时候才能昭示我们的哲理，要在不拍电影的时候，也贯彻我们的哲理。这才是我们导演行业的深奥之处。

小津导演前往前线，是因为他是日本人，不得不去；然而即使成为国家罪人也不愿意拍摄任何一个镜头，是他坚持自我的选择。

就这样，他在新加坡等到了日本战败的结局，但他并没有选择去坐撤退回家的船。

新藤兼人[①]导演的遗作叫作《一封明信片》[②]。这部电影改编自新藤导演自己的经历，讲述一位中年士兵，抽签被分配到后勤部队，没能上战场的故事。

新藤导演是在99岁时拍摄的这部电影。没能上战场的他活到了99岁，他的心中还是留有惭愧，影片就

---

① 新藤兼人（1912—2012）：日本电影导演，32岁受日本海军征召加入海军，“二战”后拍摄了自己的第一部电影《爱妻物语》（1951）。

② 《一封明信片》：2011年上映。讲述了100位在“二战”末期被征召的日本中年士兵的故事。

传达了他的这份心意。

而小津导演选择留在新加坡，大概也有和新藤导演心思相近的部分吧。他说不定是这么想的：如果一定要有谁留下来的话，那还是我留下来吧。

不过比较好的一点是，留在新加坡的小津导演看了不少引进自美国的电影。

其中就有1939年的美国电影《乱世佳人》[①]。这实在太幸运了，《乱世佳人》可是前无古人，后无来者的名作。

全彩长篇电影是从1935年开始制作的，而1939年前后是电影史上最辉煌的时期。那一段时期还诞生了《公民凯恩》[②]《呼啸山庄》[③]等电影，小津导演那时候看了100多部电影。

---

① 《乱世佳人》：1939年上映的美国彩色电影。导演维克多·弗莱明。由费雯·丽、克拉克·盖博主演。

② 《公民凯恩》：1941年上映的美国黑白电影。奥逊·威尔斯担任了本片的导演、编剧、主演。是电影史上不朽的明珠。

③ 《呼啸山庄》：1939年上映的美国黑白电影。导演是威廉·惠勒。改编自艾米莉·勃朗特的同名小说。

这些电影如此精彩，小津导演开始觉得能输给拍出这种电影的国家，真是太正常了。

小津导演就这样成了美国电影的忠实观众。日本的导演从很久以前开始就是美国电影的忠实观众。甚至有些时期，大家就是在看谁模仿美国电影模仿得比较像。

在新加坡见识到美国电影的强大，小津导演意识到，仅做跟美国电影类似的电影，是永远不可能超过美国电影的。

于是他就想："我们本来就是卖豆腐的（日本电影导演），那我们只能坚持做豆腐（最像日本电影的电影）。"有了这种觉悟的小津导演，才能制作出他那些如此风格化的影片。

小津导演的电影里从来没有出现过战争场景，然而故意不拍战争，才是小津导演展现战争的手法。

时间过得越久，我越能体会到这一点。

《秋刀鱼之味》和《彼岸花》里的信息

那小津导演难道从未表现过战争吗？

大家说他一直都在拍什么父亲嫁女儿之类的家庭故事，然而此言差矣。

比如说他后期的作品《秋刀鱼之味》[①]就并非如此。由笠智众[②]饰演的男主角原来是一位驱逐舰舰长，

---

① 《秋刀鱼之味》：1962年上映的日本电影。小津安二郎导演的遗作。

② 笠智众（1904—1993）：日本演员。1928年首次以配角身份出演小津安二郎电影《年轻人的梦》，从此成为小津导演的御用演员。

退伍后成了上班族。他经常叫上由加东大介[①]饰演的过去的下属，一起去播放着军舰进行曲的酒吧喝酒。那些酒吧也叫军国酒吧，在以前的日本到处都有。他们一边唱着军歌一边聊着过去自己打输的仗，以此寻求一些心灵的慰藉。他们喝着酒，怀念着过去，想着："那个兄弟虽然战死了，但我们现在唱着歌讲着他的故事，也算是对他的缅怀了。"

《秋刀鱼之味》里有一个场景——加东大介饰演的角色说道："要是日本打赢了……"然而笠智众回答道：

"没事，输了不挺好吗？"

然后加东大介同意道："说得也是。至少再也不用听我那傻瓜上级的话了。"

笠智众先生的那句台词，就是最好的战败宣言。

我觉得每一个日本人都应该说一遍这句话。当时我们刚输掉的时候，每个人都不敢承认，只想当战争

① 加东大介（1911—1975）：日本演员。经常出演黑泽明导演的电影。

从没发生过，扭头就想把它忘了。

在《秋刀鱼之味》之前，还有一部电影叫作《彼岸花》[1]，其中有一个场景：由田中绢代[2]饰演的妻子，对佐分利信[3]饰演的丈夫说道："那个时候可真幸福呀。"

那个时候，指的就是战争年代。

虽然残酷的战争夺去了很多人的生命，但对妻子来说，在防空洞里肩并着肩，互相保护着对方的那些日子，反而让她感觉到家庭的团结。

这部电影我是在电影院看的，当时看到这一幕的我忍不住开始谩骂。

时间是1958年，战争结束已经是很久以前的事情了，人们终于开始能感受到生活的幸福了。听到那

---

① 《彼岸花》：1958年上映的日本电影。小津安二郎的首部彩色作品。原著是里见弴的小说。

② 田中绢代（1909—1977）：日本演员。出演日本首部真正意义上的有声电影《夫人与老婆》（1931），成为日本电影界的大明星。还导演过《恋文》（1953）等电影。

③ 佐分利信（1909—1982）：日本演员、导演。出演过小津安二郎导演的《户田家兄妹》（1941）、《茶泡饭之味》（1952）。

些台词的我不禁感叹道："这什么台词，太不合时宜了吧！"

"小津导演都开始拍这种怀念战争美好的破电影了？他还是趁早别干这行了。"

我现在还清楚地记得，当时我就是这么骂的。

然而小津导演并不是想要表达战争有多美好，他是想要展现战争究竟为我们带来了什么。

战争已经过去了很久，然而日本人得到幸福了吗？家族离散，老了也只得和孩子们分开，不是更加寂寞了吗？即使到了和平年代，我们的家庭依然支离破碎。这，真的就是我们日本人追求的幸福吗？

小津导演大概是想告诉我们这些东西。

身为从战争中幸存下来的一员，他肩负着将这些信息一直传递下去的责任，直到生命的最后一刻。

法国新浪潮和战争

“二战”结束后，有一帮被称为“法国新浪潮[①]”的导演开始制作电影。

他们的电影大多具有实验性质，虽然有的也展现恋爱和家庭，但是其背后的内核依然是战争。

电影人既不是社会活动家也不是政治客，所以他们不必忠实地展现战争。法国新浪潮的导演们就是这

① 法国新浪潮：19世纪50年代后期在法国开始的电影运动，倡导自由创作电影。Nouvelle Vague意为“新的浪潮”。运动中的代表作品有路易·马勒导演的《通往绞刑架的电梯》(1957)、让-吕克·戈达尔导演的《精疲力竭》(1959)、弗朗索瓦·特吕弗导演的《四百击》等。

样，不还原战争，而是在自己的美学意识中表达对战争的反感。

这种方法继承自他们的前辈——战后派[①]。

我这一代人的青春时期，正好就是法国新浪潮电影出现的时候，所以我们受它们的影响很大。

小津导演也与法国新浪潮关系颇深。法国新浪潮巨匠弗朗索瓦·特吕弗[②]就看过几部小津导演的电影。听说他看后非常吃惊，因为小津导演的电影镜头仿佛无视了电影的语法，他可能吃惊的是：日本导演都是些什么新手？但是他也没有一笑而过，而是思考了很多，因为他也是一位违背了电影语法的导演。

就举刚刚那个例子，有一种连接各个镜头的方法，是将出场人物的视线拼合在一起。这可以说是一

---

① 战后派：第一次世界大战后在美国、法国等国家兴起的新艺术运动。与战前相对，他们称自己为战后派。一般这个词用于称呼不被既有道德观念和社会规范所拘束的人。第二次世界大战之后这个词在日本也开始被使用。

② 弗朗索瓦·特吕弗（1932—1984）：法国电影导演。代表作有《美国之夜》（1973）、《最后一班地铁》（1980）等。

种电影特有的“谎言”。通过这种方法，我在一个月前拍摄甲的镜头，现在再拍摄乙的镜头，也能够剪辑出两者正在对话的片段，只要将他们的视线相对就可以了。而战前的电影人理所当然也用这种方式拍电影。

然而想要制作全新电影的我们并不打算照搬这种拍摄手法。

特吕弗导演应该也是这么想的。

然而他也不能模仿小津导演，所以他就想出了“往返水平运镜”。就是镜头水平地从甲摇到乙，再回到甲的拍摄方法，当时这也是一种被认为是专业导演绝不会犯的错误，然而他还是故意这么拍了。

我想他是学到了小津导演故意使用业余技巧的方法。他也是在探索未来电影的过程中，向写实的方向迈了一步，放弃了连接视线的正反打，而使用“往返水平运镜”。

然而，单单写实，是不可能造就电影艺术的。除了特吕弗，法国新浪潮的导演们都各自开始使用各种各样独特的技法和表现方式。

罗杰·瓦迪姆导演的《血与玫瑰》[①]以吸血鬼传说为题材，描写了战争的可恶。电影还展现了政治家和资本家通过吸庶民的血来扩大自己权力的社会现实。

精通哲理之人才能做出这种表达。

像这样的历史我们知道得越多，就越能理解一部电影为什么要这么拍摄。

战后的日本导演和法国新浪潮导演，都是一帮志同道合之人。虽然他们志趣相同，却做出了完全不一样的电影。像我这种在战后成长起来的一代，就是看着他们的电影长大的。

---

① 《血与玫瑰》:1960年上映。由法国和意大利合拍。导演罗杰·瓦迪姆，原作是拉·芬努的小说《卡蜜拉》。

第二章

“和平孤儿”心中的战争，“现在的小孩”心中的战争

战后陷入迷途的和平孤儿

我这一代长大成人之后，肩负起了表现和平的重任。

我们那个年代哪个行业都缺人，只要是一个人能做的，我们就绝不集体去做，总是一个人把所有要做的事都做完。

这就是我们的青春。

比如说寺山修司①，在战后写了一首非常美丽的

---

① 寺山修司（1935—1983）：日本短歌诗人、剧作家、戏剧实验室“天井栈敷”的主理人。著有《扔掉书本上街去》（1971）、《死者田园祭》（1974），并将其拍成电影。

短歌：

“月黑引烟火，忽觉海雾深。吾身欲报国，故土今不在。”

这首短歌描写了主人公因想要吸烟在漆黑的海岸边点燃火柴，发现海上升起浓雾的场景。此时他感叹，自己已经没有能够为之舍身奉献的祖国了。

和寺山同一时代的立川谈志[①]也感叹过：“前一天我们还坚信日本的正义，第二天一早就全部被否定了，这叫我们怎么活下去嘛。”

从这些诗歌和话语中大家能够了解到，我们这一代经历了战败的少年，在和平年代反而不知去向何方，成了“和平孤儿”。

我想大家都知道2011年3月11日发生的“3・11”日本地震，有人评价我说：“大林宣彦从那之后就开

① 立川谈志（1936—2011）：落语家，立川流落语掌门人。日本老牌喜剧电视节目《笑点》（1966—）的第一位主持人，他还出演过许多电影。落语是日本传统喜剧的一种，由一位落语家在台上通过纸扇等小道具讲述幽默的故事。

始拍摄战争电影了。”

我想辩解，我并不是在地震之后才开始创作战争电影的，早在那之前我就有意识地在拍摄战争电影，即使我不直接把战争当作素材。

当然“3·11”确实给我带来一个契机。

在战后日本复兴的过程中，我们找错了方向，逐渐失去了我们身为“日本人”的一部分。然而在“3·11”之后，我们又一次获得了复兴的机会，而此时我们应当将我们失去的那一部分重建起来，所以我开始通过电影表达我的这个想法。

而且不只我一个人这么想。

在“3·11”之后，“和平孤儿”这一代人都开始重新描绘我们的过去。

比如，与我同时代的和田诚[①]一直保持创作，画了许多精美的插画。同时他还是一位电影宅，对电影爱得深沉。在“3·11”之后，他画了许多反核电的

---

① 和田诚(1936—2019)：插画家、散文作家。喜爱电影，导演过《麻雀放浪记》(1984)、《怪盗鲁比》(1988)。

海报，虽然这与他的插画有所不同，但是海报非常精美。

无论是海报，还是和田先生创作的跟电影相关的插画，我们都能感受到其背后的战争要素。

我们一直以来只能将我们经历过战争的事实隐藏起来，假装对战争毫无兴趣，但我们又不断创作隐藏着战争的电影、画作和小说。

“物质与金钱带来的复兴”和“清贫”

美国当初倡导和平利用核能，带头开始建设核电站，而日本是追随着美国的脚步开始的。

废弃与重建……美国的哲理就是打破旧事物，建立新事物，从而发展经济。

而模仿美国的日本，开始通过物质和金钱来实现战后的复兴。

而在这个过程中，日本人失去了原本拥有的“日本人之美德”。

那正是“清贫”。

大家知道“清贫”这个词吗？

恐怕日语里已经不再使用这个词语了。

曾经有一个学生这么问我："老师您知道'清贫'这个词吗？我看书的时候看到这个词，还以为打错字了，贫穷的时候怎么可能保持纯洁呢？"

而我们这一代，没人不知道"清贫"这个词。但是现在这个词离现代日本人是那么遥远，学生都会来问我这个词的意思。

清贫，是指想要保持纯洁的心境，必然要保持贫穷的生活[①]。是一种理想的美德。

而我们被教导要成为那样的人。

现在去问那些80多岁，和我一般大的老人："你觉得对日本人来说最重要的是什么呢？"他们都会回答："是清贫。"

我希望生活在现代的你们也都能记住"清贫"这个词。

---

① 日语的"清贫"一词与中文的"清贫"意思不尽相同。——译者注

《空中之花——长冈花火物语》和人们的灵魂

“清贫”这个词在“3·11”之后再次出现在日本。我们又一次认识到，原来以前的日本人是这样的。

特别是震灾严重的东北地区，那里的人们本身就有住在大雪深山中的，在“3·11”之前，他们就已经处于“清贫”了。

“3·11”之后他们更是开始互相帮助，互相体恤，于是受灾严重的东北六县集结了各地的夏日祭典，举办了“东北六魂祭”。

一次性集结了六地灵魂的大型祭典让我非常感动，也让我备受冲击。我出生在日本西部，很少使用“魂”这个词。曾经，一个和我有私交的新闻记者问我：“你们西边，有‘魂’这个词吗？”而我回答道：“打仗的时候，有的人说我们大家都有‘大和魂’，但是我们在日常生活中从不用这个词。”

“这样啊，看来你们早就抛弃了‘魂’这个词。”他回应道，我也同意他这个观点。

但是日本东部完全不是这样，我在震灾之前因为拍摄电影外景去过长冈。那时候，我正在为拍摄《空中之花——长冈花火物语》[①]做准备。我刚写好剧本的时候就发生了“3·11”大地震，只好在8月的时候开机拍摄。

跟长冈的人聊天，他们时不时就会说“魂”这个词。比如，有个人在屋顶打扫积雪的时候不小心

---

① 《空中之花——长冈花火物语》：2012年上映的半纪实电影。由松雪泰子、高岛政宏主演。

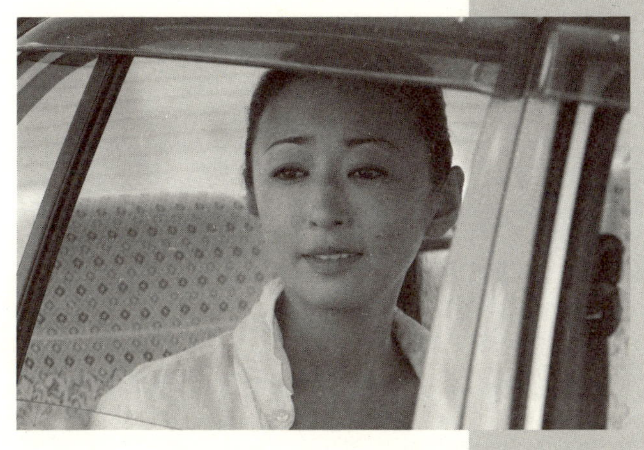

《空中之花——长冈花火物语》2011长冈电影制作委员会/PSC制作公司发行/TM娱乐公司PSC

摔下来，伤到骨头去了医院，如果这时候有人跟他说“肯定很疼吧”，他就会说：“没事，我可有着‘长冈魂’。”

我想“魂”的存在，和长冈为什么有美酒是一个道理。长冈的酒之所以甜美是因为他们要将酒放入雪形成的天然储藏室进行发酵。而据当地人所说，他们和酒一样，一年有半年会在大雪中度过。也许，正是因为他们一年之中要忍受长达半年的恶劣天气，所以他们才会感受得到生活的喜悦和勇气吧。

即使遭遇了如此巨大的自然灾害，他们也只认为那不过是人生的一部分。活下来的人更是带着对死去的人的思念，互相扶持着活下去。

不合常理的美好

“3·11”地震后，世界各国都对我们伸出援助之手，而我们过去也在别的国家遭遇劫难之时进行支援。

我们自然非常感谢各国对我们的帮助。然而以前有一篇报道写道，我们帮助的国家并不感谢我们对它们的帮助。

虽然我们也不好抱怨什么，说不定对方国家没有感谢的习惯，我们要是这时候抱怨起来反而显得很不好。

明明有的国家，在别国经历战争的时候就把军队派过去，致使许多人死于非命，相比之下日本只是资助了一点金钱，并没有害死他人。

在外国看来，日本宪法第九条[①]是一条非常“不合常理”的宪法。

确实，如果世界的常理是“战争”，那我觉得宪法第九条就是最不合常理的美好。

正是因为日本人拥有这堪称奇迹的宪法，我们才得以拥有“表达的自由”，甚至能将不合常理的事物变作常理。

这就是我们从战败中吸取的教训。

但是万事并不如意，日本的发展实际上也并不十全十美。

最不完美的，就是日本听信了美国的哲理，即“因为日本遭受过原子弹的攻击，他们开发的核电站

---

① 日本宪法第九条：日本国民真诚地祈求以正义和秩序为基础的国际和平，永远放弃发动战争这一国家主权，永远放弃以武力威胁或使用武力作为解决国际争端的手段。

为了实现前款的目的，不保持陆海空军及其他战争力量。不承认国家的交战权。

一定是安全的核电站。”

日本拥有了核电站之后，经济受其影响有所发展。不少军事产业，即使不与核电站直接相关，也受惠得到一定程度的发展。

然而这个国家的经济与和平，却逐渐远离了宪法第九条的精神和过去的教训。

如果为了经济发展不得不打仗，那我宁愿选择不赚钱饿死。我是真的有这个想法。虽然我不能强制所有人跟我一样，但是我的工作是艺术，我一定要通过作品体现我的这种想法，但我绝不喊口号。

只有做到具有这种觉悟的人，才能进行真正的艺术表达。

黑泽明导演说过：

“大林君，我当初选择艺术家这条路，就决定今后绝不喊口号。口号是为了伸张正义。我要是想喊口号，我早就去当社会活动家或者政治家了。我觉得比起社会活动家或者政治家，还是艺术家更有用，所以我选择了这条路。”

黑泽导演那一代日本人都被教导要相信日本的正义，整天谩骂着：欧美就是魔鬼。

但是当我们输了的时候，该怎么办呢？

输家的正义就跟屁一样没有意义，只有赢家的正义才是正确的。

不要觉得不公平，这就是现实。

正义只不过是人为了自己的利益说的漂亮话。

战争与和平，知性与心性

有些事情，在输掉战争之后我们才明白。

我们普通人能用以对抗癫狂的战争的，只有我们的心性。

所以在生活中，我们应该依靠我们的心性。而心性究竟是什么呢？心性就是地球上生物的本能。

我们一直以来都太过轻视依靠本能的生活方式了。因为现代人都依靠知性，所以大家都嘲笑那些依靠本能的人，蔑视大自然中的动物。

然而，这是错误的。猴子、企鹅，甚至是蚂蚁，在物种繁衍和保存这些对生物而言最重要的事情上，做得远比人类要好。

人类对知性的过于依赖，让人逐渐失去了动物的本能。

人类真的是一种矛盾的生物。

人类拥有聪明才智，能够理解为了和平共存，需要构建没有战争的国家，现实中却从来没有停止过战争。

非但没有寻求人类和平共存，还基于人种歧视他人，甚至不惜种族灭绝。仅仅因为文化或者宗教的不同，人与人之间就不断杀戮，进行永不停歇的战争。然后战争促进军工产业的诞生，经济也不断发展……

人类之所以停不下战争，就是因为人类有了知性。但是我相信知性也能阻止战争，而这么做的就是艺术家。

没有了政治和经济，那么也不会产生各种各样的制度，也就不会有想在某种制度里争第一的人。

想成为第一，最简单的方法，就是把包括第二在内，后面的人全部打倒。也就是说只要一直打仗，一直打赢，就能永远当第一。

因此，人类会永远将战争进行下去。

胜利的国家得到的和平只有胜利的一瞬间。因为马上就可能会有下一个国家攻打过来，于是只能先下手为强攻打过去，在大战开始之前先打倒对方。

通过忘却战争来拥抱战争的日本人

我生病的时候学会了很多东西。

说实话，我72岁之前就没看过医生，身体健康得很。但是2010年，我因为心脏问题病倒，医生给我装了个心脏起搏器，让我活到现在。

我不太喜欢跟别人说我装了pacemaker（心脏起搏器），每次都开玩笑跟别人说："我装的不是pacemaker，是peace maker。"

这时候，喜欢电影的朋友就会反过来笑我："你是装了个柯尔特吗？"

柯尔特和平捍卫者[①]可以说是西部片的代名词，我们西部片粉丝最喜爱的手枪。我也是用这把枪的好手，还教过查尔斯·布朗森[②]怎么用这把枪。电影粉丝有时候比专业人员还懂这些呢。

但是，当听到朋友说“你是装了个柯尔特吗？”我暗自流下了泪水。

柯尔特和平捍卫者，是一把用来杀敌的枪械。而这种凶器，却被称为“和平捍卫者”。

想到这儿，我心里一震。

世界的和平，原来是靠杀死敌人换来的。

只要拔出枪，“砰”的一声打死敌人，我们就能得到和平。

就因为这个道理，美国不会放弃枪械自由，世界也不会没有战争。

---

① 柯尔特和平捍卫者：柯尔特单动式陆军，美国产手枪，通称“和平捍卫者”。在美国西部开拓时期常被使用，也被称为“一把平定西部的枪”“西部片之枪”。日本也生产过柯尔特的枪模型。

② 查尔斯·布朗森（1921—2003）：美国演员。出演过《豪勇七蛟龙》《大逃亡》等历史名作。在日本因为出演过大林宣彦执导的化妆品广告，而被人熟知。

我终于明白：原来战争会永远存在下去啊。

日本的法律规定人们不能持枪。要想实现和平只有“禁止”这一个方法。

然而日本却想修改宪法第九条，想着舍弃“和平宪法”，这就是在否定历史。

只盯着眼前的利益，忘记了历史的教诲。

我们这一代没有忘记我们打输了战争，但是有很多日本人连战争的存在都忘记了，反而开始想要打一场战争。

活在“战前”的当代年轻人

很多人觉得战争是好久以前的事情了。我们应该早点丢掉这种想法。

说不定我们明天就会打仗。

从这个角度来看，我们现在是活在“战前”的。

大家可能没有注意到，无论是东京的大街，还是小城的车站，都能看到十个左右的初高中生聚在一起发传单。

年轻人可能并不在意，然而我这种老头对这种事情最感兴趣了。

我想“这些年轻人拿着传单，是想宣传什么

呢？”然后我走近一瞧，传单上写着：我们的未来，由我们来守护。

我很感动，说了句：“老爷爷跟你们一起加油！”然而他们反问我：“爷爷你是‘战后’的人吧？”

我答道：“是啊，距离我们打输已经过去70年了，我也活了那么多年了。”他们回道：“我们可是‘战前’的人。”

“你们活在‘战前’吗？”

“是的，因为不知道什么时候又会开始打仗。如果我们不去阻止战争的发生，那我们这一代，我们的下一代，我们的下下一代就都活不下去了。阻止战争是我们的责任。”

“那也是我这个老头子的责任，我们一起加油。”

“爷爷你会去给选举投票吗？”

“当然会去。”

“那我就跟您说。你们大人明明知道凡事都有对错，说对的人只有一小部分，说错的人也只有一小部分，剩下六七成的人都说搞不懂。‘主权在民’，这句话意味着大家都应该有自己的想法，大家一起管理国家。那些没有意见，不去投票的人，等于是放弃了自己管理国家的权利。我实在不敢相信这样的大人能够保护我们。所以我们打算不靠那些大人，靠自己来考虑自己的未来。”

他们对我这么说。

全国各地都能见到拿着传单的孩子，说不定他们有一个全国性的组织，我也没仔细调查。抱有这种想法的初高中生会上街发传单，而且还出现在全国各地，现在的时代原来已经是这样了。

《鬼怪屋》也是战争电影

有些人评价我拍的电影，根本就称不上是电影。

我拍摄的第一部院线电影是《鬼怪屋》[①]。简单来讲，这是一部恐怖片，讲一间屋子变成了妖怪，把造访这座房子的少女们都吃了。跟我年纪差不多的还有很多人不认同这部片子，但是最近这几年在世界上还是挺有话题的。

我稍微吹个牛，美国有家影碟发行公司叫“标准收藏”。一般的影碟公司都会考虑好不好卖，但是

---

① 《鬼怪屋》：1977年上映。由池上季实子、大场久美子出演。因2009年在美国院线巡回上映，再次受到世界的关注。

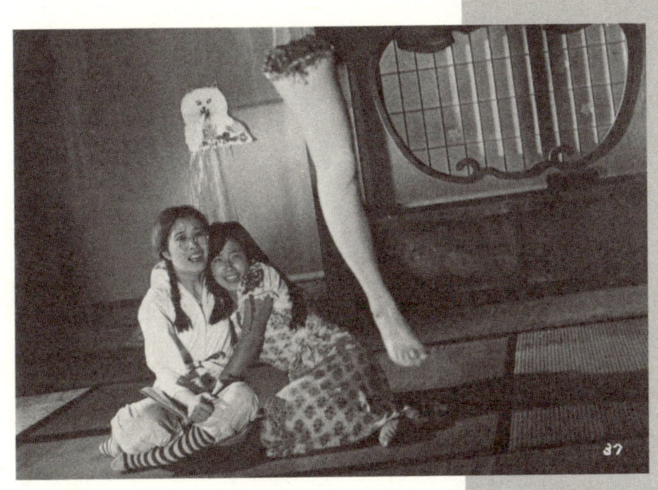

《鬼怪屋》(1977) 东宝有限公司

“标准收藏”不一样，他们会率先考量一部电影在电影史上的意义，即使不会卖得很好的电影，他们也会发行。他们公司做过一个调查，主题是“当今备受关注的世界优秀电影”，日本电影当中，《鬼怪屋》和黑泽明导演的《七武士》一同入选，让我非常光荣。

然而《鬼怪屋》实际上是一部战争电影。

因为那时的我没法拍摄《花筐》，所以用同一套哲理，换了个题材，拍摄了这部《鬼怪屋》。

因为大家都认为这是部恐怖片，所以没人注意到它也是战争片，但是我确实把潜伏在我心中的战争展现在这部电影里了。

首先，这部电影表达了“我讨厌战争”。

我拍摄的电影里经常描写核爆①，同样在《鬼怪屋》中，我也描写了核爆。在日本上映时没人注意到，但是在美国上映时就有人发现了。

如今不只是美国的观众，这些意图和信息总算传

---

① 大林导演有提道：“我拍摄了44部电影，在处女作《鬼怪屋》之后的电影里，我有8部都拍了核爆，但是根本没什么人注意到。”

《鬼怪屋》(1977) 拍摄现场/照片提供/PSC制作公司

达给了所有人。

现在的时代，万一哪天飞来一枚导弹掉在日本岛上都不奇怪。

有时候一起事故也能引发战争，万一他们不小心按错按钮，就会酿成大错。

所以我们必须构建一个不用再按按钮的时代。

年轻的孩子们开始想要自己守护自己的未来，正是他们危机意识的体现。

他们开始意识到，自己在18岁的时候要行使选举权，为自己的国家做出贡献。

而大人们呢？几乎没人在乎国家怎么样了，连选举都不去投票了。

大人们也需要清醒过来，意识到现在到底是什么状况了。

电影连接起过去和未来

我希望年轻人去看看我80岁时拍摄的新片《花筐》[①]。

“3・11”地震之后我拍摄了《空中之花——长冈花火物语》《原野四十九日》[②]，有很多大人都说“看不懂”或是“这算什么电影啊”。

---

① 本次演讲之后，大林导演新作《海边电影院》（以战争和核爆为主题的大林导演最新作品。时隔20年大林导演再次回到广岛尾道市取景。由成海璃子主演）即将开拍。现已于2019年东京电影节上映。

② 《原野四十九日》：于2014年上映。以北海道的芦别市为背景，描写了战后北海道和苏联继续进行的“战争”。由品川彻、常盘贵子等主演。拍摄资金大多源于芦别市市民的集资。

我感觉比起大人，反而是小孩更加能接受这些电影。

“大人们反正都要死了跟他们没关系，未来是属于我们的。请不要让我的家人和朋友遭遇可怕的事。请你再多告诉我一点关于战争的事情吧。”

还有小孩给我写这种感想。

反而是依靠心性生活的小孩子更能理解我对战争的厌恶。

这就是艺术的美好。

即使同时代的人对我恶语相加，但是只要下一代人能够接收到我的想法，那我就能改变未来。

我们的工作，正是制作能连接起过去和未来的作品。

所以我站在这里，即使我只能再活3个月，我也要继续坚持在电影制作的第一线。

要说电影究竟是什么呢？电影就是哲理的生成。

电影不是看得很开心转头就能忘的娱乐。

《原野四十九日》(2014)芦别电影制作委员会/PSC制作公司发行/照片由PSC制作公司、TM娱乐公司提供/PSC

而是要思考我们要怎么看待这个世界，然后用隐晦的、深刻的方式告诉观众，让观众自己领悟其中的奥秘。

电影是能帮助人类发展的美好事物。

过去的电影为完成这一使命拼尽了全力。

而未来也必然出现完成这一使命的电影，一定会出现的。

“我才不会倒在病魔和战争面前。我要一直活到世界迎来和平的那一天，我一定会让世界和平的。”

我希望大家能像我一样，抱有这种觉悟，这就是我留给大家的信息。

第三章

永不言弃和美好结局

表达是一种反应，而不是行动

这个部分是演讲的第二部分——回答问题的环节。

第一个问题来自到场的男学生。

“今天我来听这节课，是想要一个契机，我想改变自己的人生，思考属于自己的哲理。但是改变自己也很让我害怕。我觉得大林导演是一直坚持自己哲理的人，请问您会学习他人的哲理，或者改变自己的哲理吗？您在拍摄电影的时候，会犹豫吗？”

这个问题很难用几句话讲清楚。

然而大林导演不带一丝犹豫对问题进行了解答。

对于艺术表达者，哲理到底是什么？

电影的哲理又到底是什么？

他将这些问题的解答娓娓道来。

我们这个工作属于表达者。

经常有人问“什么是表达？”很多人会回答：表达是主动做出的一种行动（Action）。然而，我认为表达反而是被动做出的反应（Reaction）。

行动单纯只是人类的欲望，政治和经济就是行动的产物。为了自己的正义，建立政治，发展经济……

但表达是不一样的。

表达源于人类的本能。

比如说当你觉得世界很美好的时候，就想把它画成一幅画，这就是你的一种反应。

天空晴朗的时候你会自然发笑。

看见翠绿的植物就想画优美的画。

这就是你的反应。

反应也有很多种类型。

看见翠绿的植物，有的人反而异想天开，想刻画植物上飞舞的小虫。

美好的森林可以象征和平的一天，也可以让人忆起家人被残忍杀死的过去。

景色能让人回想起怎样的幸福？

而又会带来怎样的痛苦？

因为表达是我们对事物的反应，所以才能产生哲理。

人类不是神明。

只有神明可以将哲理赋予自身的行动，人类只能通过表达去模仿神的行动。这种时候，人类拙劣地模仿神的行动，才得以勉强宣告自己展示了一种哲理。

但是神的哲理全都是正确的，全都是理所应当的吗？

人类自己创造的哲理，也许确实只有一半是正确的，还有一半是错误的。但即使是错误的，人类也应该拼命地表达。所以，我才会在电影之中，不顾对错地拼命表达我的哲理。

表达者不能成为“可爱的吉祥物”！

大家多少都认识一些可爱的吉祥物。

我经常对一些艺术家说：“你们可千万不要变成可爱的吉祥物。”不只是表达者，所有人都应该明辨是非，不能成为“可爱的吉祥物”。

长相可爱的吉祥物，从某种意义上来讲，是国家的一种战略。

要是所有国民都变成了吉祥物，会怎么样呢？

政治会变得很容易操作。

经济也会变得简单可控。

“国民们，放弃思考。听位高权重者之言，必不会出错！”

当你习惯了吉祥物可爱的存在，那你就掉入高官的陷阱了，他们的目的是要让国民都失去思考的能力。

当然吉祥物们并不是一开始就是因这个目的诞生的，但是现在回过头来看，它们已经成了实现这个目的的工具。

吉祥物是很好的旅游资源，所以全国各地地方政府都设计出了当地的吉祥物，但是如果你仔细观察就会发现不对劲儿的地方。

在发生过自然灾害的地方，他们的地方吉祥物总是长着一张可怕的脸，形象与可爱背道而驰，非常粗犷有力。我觉得那是因为遭遇过灾害的当地人已经看穿了国家权力的虚假嘴脸，所以故意反其道而行之设计出不一样的吉祥物。他们拥有靠自己重建城市的坚定意志，所以表现在他们的吉祥物上。

所以我一直呼吁，艺术表达者们一定不能当可爱的吉祥物，反而要当粗犷有力的那种。

而欣赏者们也是如此。

不要做可爱的吉祥物，要理解过去发生了什么，当下正在发生什么，才能不随波逐流。

“永不言弃”

对日本人来说，“3·11”是一个重大的转机；而对于美国人而言，这个转机就是“9·11”事件。这事件之后，我曾受哈佛大学和耶鲁大学的邀请去任教，这也变相说明了当时美国的处境。

每次在我聊到电影的话题时，必然有人在开始时问：“你经历的战争是怎样的呢？”

而在这个问题之后，我一定会反问：“你想从电影中寻求什么呢？”这时候我得到的回答一般有两种：“Never give up”（永不言弃）和“Happy ending”（美好结局）。

那“永不言弃”又是什么意思呢?

原本，永不言弃是指不要失去梦想和希望，是电影哲理的一种，然而在战争时期，那些鼓吹战争的电影里却不是这样的。

战争时期，永不言弃的意义被偷换成“不消灭敌人不罢休”。

战争的失败为这种错误的永不言弃画上了句点，让人们强行忘记了它的存在。

本来我们看电影，是因为其中的哲理而感动。在战败之前，日本人一直为日本会取得最后的胜利，美国最终战败而感动。可在得知日本战败之后，我们的耳边都是“日本人错了”的声音。

在那之后，我们就开始讨厌强加在我们身上错误的“永不言弃”了。

“9·11”带给美国电影的变化

美国虽然赢下了第二次世界大战，但是他们也经历了和日本人相同的事情。因为越战，美国人民已经对“永不言弃”这一信念产生了怀疑。

然而，后来发生了“9·11”事件。

对美国的艺术表现者来说，这也是一个非常重大的转折点。

本来乔治·卢卡斯[①]是想拍摄9部《星球大战》

① 乔治·卢卡斯:1944年出生，美国电影导演、制片人。除了《星球大战》，他还担任过人气系列电影《夺宝奇兵》的总制片。早期代表作还有《美国风情画》(1973)。

系列作品的，但是他在拍摄了6部之后，选择退出了这个项目。

他为什么中途不拍了呢？我猜测他是怕有人会模仿自己拍出来的电影，进行恐怖袭击。

《星球大战》展现了破坏和杀戮。

不只是卢卡斯的作品，因为只要使用CG技术（计算机动画）什么都能搞定，一下死掉几万人的电影也不少。卢卡斯可能是想到，从小看这些电影长大的年轻人，可能会把其中的场景和恐怖袭击联系在一起。

像我，在电视上看到“9·11”恐袭新闻的时候，还以为是卢卡斯电影的预告片呢。

因为太过于相似了，电影中的虚构情节有可能真的会成为引起现实中恐怖袭击的导火索。

从这个层面上来讲，恐怖袭击也可以说是我们电影人不小心引发的。

卢卡斯可能是觉得，再继续拍摄这样的电影，电影粉丝中可能真的会出现恐怖分子。为了防患于未然，他选择退出了《星球大战》。

也许，只要他不拍《星球大战》，而去拍《星球和平》的话就好了。然而就算投入大量资金，拍摄了《星球和平》，也不会有人去看的。所以卢卡斯在那之后，宣称自己现在就在家里拍些私人录像，这相当于是发表了隐退宣言。说不定他现在就在自家庭院里拍摄着花花草草。如果真是这样，那他也可以说是“有心性的电影作者”了。

不只是卢卡斯，美国的艺术表现者们都怀有如此真切的愿望。

史蒂文·斯皮尔伯格也没有将其作品《世界大战》[①]拍摄成一部展现战争和破坏的电影。

“9·11”事件之后，你会发现获奥斯卡奖的，都是那些祈愿和平的电影。最让人吃惊的是，获得2012

① 《世界大战》：2005年上映的美国电影。

年奥斯卡最佳影片的，是一部叫《艺术家》[①]的电影。

《艺术家》是一部法国电影，一般这种电影可能会夺得最佳外语片奖[②],但是《艺术家》同时获得了最佳影片、最佳导演等奖项。这在奥斯卡的历史上都是前无古人的。

为什么一部黑白无声的法国电影，能够夺得最佳影片呢?

我感觉这就是时代的潮流。

《艺术家》里有属于它的哲理，而现在的人开始关注到这一点了。

---

① 《艺术家》：2011 年上映的法国、比利时、美国合拍的电影。由迈克尔·哈扎纳维希乌斯担任导演、编剧。通过黑白无声电影的形式，讲述了好莱坞从默片时代到有声电影时代的故事。

② 2020年，最佳外语片奖更改为最佳国际影片奖。

新“永不言弃”

回顾历史，有一件我们不得不知的事情，那就是纳粹德国在奥斯维辛集中营[①]犯下的罪行。

我们能在奥斯维辛的事件中，明白“死亡”究竟为何物。

在德国刚开始施行惨无人道行为的时候，就有一位犹太人到美国总统罗斯福那里报告，说：“奥斯维辛正发生着惨无人道的事情，应该尽早解放那里！”

① 奥斯维辛集中营：1940年至1945年，纳粹德国在波兰南部设置的集中营。约90%的受害者是欧洲各国的犹太人，牺牲者人数高达150万。

然而，听说罗斯福总统的回答是这样的：

“再过两三年美国就会胜利，胜利的时候我们必将毁灭战败的国家。为此，我们要将他们的恶行好好记录下来，所以奥斯维辛对美国来说也是很重要的证据。暂时放任德国人去做吧。”

如果他真这么说的话，那么奥斯维辛集中营里发生的残忍暴行，美国也要承担一部分责任。

战争之中，就是会发生如此残忍的事情。

外交、政治，都是如此。

并不只是日本人才有这样的经历。

越南战争和“9·11”，也是如此改变了美国人的想法。

也正因为如此，美国人再一次找回了永不言弃的精神。

这次他们找回的“永不言弃”，和过去的永不言弃都不相同。

不再是为了赢下越南战争的永不言弃，而是再也不要发生越南战争、再也不要默许奥斯维辛的永不言弃。

为了让我们的孩子、我们的孙子不再经历战争，我们必须将守护和平的“永不言弃”当作我们的哲理。

美好结局什么的，根本不存在？

那另一个答案，“美好结局”又是怎么样的呢？

在电影的历史中，这是一个相当重要的问题。

我们这一代心中多少都觉得，电影结局应该是美好的。但是我们每个人也同时觉得，这个世界上根本不存在美好结局。

战争结束后，我们似乎迎来了和平。

至少敌人不会再攻打过来，我们大概也不会战死了。

但是我们得到幸福了吗？并非如此。这个世界上，战争依然没有停止。

最令我们震惊的，是朝鲜战争的开始。我们常在电影里看到美国人、英国人在战场上不断死去，而同日本人一样的黄种人也在不断地死去。

“要是这场战争马上就能结束就好了。”我原以为大家都会这么想的，直到有一天，我家的餐桌上出现了牛排。

那是一个资源匮乏的时代。当时，连红薯都算是平民百姓的大餐了。因为红薯是甜的，相比之下土豆就不甜，大家就不喜欢。

然而，我家的餐桌上突然出现了牛排，吓了我一跳。我问我妈妈，这是怎么一回事？她告诉我，是因为美国向日本采购朝鲜战争所需的物资，所以日本的经济复苏了。

少年时的我刚刚经历了战败，而这场战争给我的内心带来了巨大的冲击。日本的战争结束了，我没有被杀死，也没有自我了断。活下来的大人们欢呼雀跃地歌颂和平的到来，成了“和平难民”。我们这样的小孩只要提到战争，就会被训斥不能说这种不吉利的话，然而就在这种情况下，邻国土地上的战争又一次开始了。

那时候我觉得，啊完蛋了，大人们又都要去打仗了，然而这场战争却让日本经济复苏了。

仿佛就像是你一直觉得是黑色的东西，忽然被告知其实是白色的。那一瞬间，我不知道我究竟该相信什么了。

祈祷中诞生的哲理

让我们回到《艺术家》获得奥斯卡奖的话题。

《艺术家》的导演迈克尔·哈扎纳维希乌斯虽然是法国人，但从种族上看他其实是犹太人。

就在他获得奥斯卡奖之后，他拍摄了描写车臣战争[①]的电影《搜寻》[②]。

这部电影其实翻拍自一部古老的好莱坞电影，那

① 车臣战争：车臣共和国和俄罗斯联邦之间的民族战争。

② 《搜寻》:2014年上映的法国、格鲁吉亚合拍电影。由迈克尔·哈扎纳维希乌斯担任导演、制片、编剧。

就是弗雷德·金尼曼[①]导演的《乱世孤雏》[②]。这部电影讲述了因纳粹入侵不得不和母亲分别的少年的故事。迈克尔导演是一位犹太人，所以他选择翻拍这部电影。

也许他是在报答好莱坞选择《艺术家》获得奥斯卡奖的恩情。

好莱坞和犹太人之间，有着渊远的关系。

如果对好莱坞电影的历史追根溯源，就会发现它和遭受过大屠杀[③]的犹太人有关。

一般我们认为爱迪生是发明了电影播放装置的鼻祖——活动电影放映机。在爱迪生的发明大获成功之后，美国东部出现了很多与电影相关的合作企业，然

---

① 弗雷德·金尼曼（1907—1997）：美国电影导演。代表作有《正午》（1952）、《乱世忠魂》（1953）、《豺狼的日子》（1973）。

② 《乱世孤雏》：1948年上映的美国电影。讲述了因纳粹的侵略和母亲分离的失语症少年同美军交流的故事。

③ 纳粹德国对犹太人实施的种族大屠杀，虽然无法推算具体数字，但大屠杀中死亡的犹太人多达600万。

而犹太人却因为出身问题没法加入这些企业。当时的美国，中心城市大多在东海岸，被排斥的犹太人就穿过大陆，来到了西海岸。他们打算在西海岸建立名为“新天地”的理想国度。

这个理想国度，就是现在的好莱坞。

现在住在好莱坞的有八成是犹太人。

正因如此，跟东海岸的人谈起好莱坞，他们往往会嗤之以鼻地说道：“那里是犹太人的国家，根本不是美国。”美国独立战争中，东海岸赢下了战争，对引以为豪的美国人来说，只有东部才是美国，西海岸不过是商人、犹太人住的地方。

经过第一次和第二次世界大战，有不少犹太人失去了自己的国家，又在大屠杀中失去了亲人，之后远渡重洋逃往美国，开始制作好莱坞电影。

他们的目标，是用电影创造出和平而自由的国家。

他们知道世界是不美好的。

因为他们自身体验过世界的不美好。

他们也知道世界和平是个大骗局。

但是相信这个骗局，说不定有一天真的能实现。

这就是“美好结局”的思想。

美好结局就是制作好莱坞电影的人通过祈祷，所得到的哲理。

《正午》，还是《赤胆屠龙》？

从默片时代到1950年，美好结局都是好莱坞电影的哲理。我非常幸运，看了20世纪60年代之前所有能在日本看到的电影，所以我看的电影里都有最棒的哲理。

我一开始以为拍摄了《乱世孤雏》的弗雷德·金尼曼是美国人，后来我才知道他本名是阿尔弗雷德·金尼曼，是一位犹太裔德国人。他父母在大屠杀中被德军杀害。看他的电影我们就能发现这些经历也都贯彻在他的电影当中。他的电影中包含着从这些经历中得来的思考。

当然不只是弗雷德·金尼曼，许多人都是这样的。所以美国人在谈及电影时，第一个问题就是："你经历的战争是怎样的？"知道了这个问题的答案，人们就能知道电影究竟是什么。

弗雷德·金尼曼拍摄的最有名的西部片是《正午》。原题叫作*High Noon*，是非常有名的作品。电影讲述了由加里·库珀[①]饰演的主人公巡警同4个恶人战斗的故事。他若是孤身作战，必然被恶人杀死，于是他向同伴求助，却没有人愿意帮助他。结果他还是得孤身一人前去战斗，他在新婚妻子的帮助下，勉强打倒了恶人。

我第一次看的时候，吃惊的是，竟然还有这么没出息的西部片主角。但是当我知道导演阿尔弗雷德·金尼曼在大屠杀中失去了双亲，我的想法变了。这样的导演，肯定不会塑造一个单单只是强悍勇敢的主角。

---

① 加里·库珀（1901—1961）：美国演员。代表作品有《摩洛哥》（1930）、《约克军曹》（1941）等。

但是也有看了《正午》的观众非常愤怒。他们认为这样的人还算什么巡警，这样的电影还算什么西部片？

这种愤怒的情感，孕育出了另一部电影。那就是由霍华德·霍克斯[①]导演，约翰·韦恩[②]主演的《赤胆屠龙》[③]。

约翰·韦恩同帮助他的伙伴勇敢地挑战敌人。这部电影同样是一部精彩的作品。

电影是一种很难说得清楚的艺术。《正午》和《赤胆屠龙》同样都是非常棒的作品，但是它们的哲理是完全相反的。

霍华德·霍克斯是生在印第安纳州，土生土长的美国人，所以他觉得“我们以前正正当当、勇敢地和

① 霍华德·霍克斯(1896—1977)：美国电影导演。和演员约翰·韦恩合作了多部作品。

② 约翰·韦恩（1907—1979）：美国演员。曾凭借《大地惊雷》（1969）获得奥斯卡最佳男主角。

③《赤胆屠龙》：1959年上映的美国电影，改编自B.H.麦卡姆贝尔的短篇小说。

敌人作战，然后取得了胜利”。因此他拍摄的西部片就是《赤胆屠龙》。

看了《正午》的很多日本人觉得《正午》也不算西部片，《赤胆屠龙》那种才是正统。

日本人偏向这种看法，大概是因为日本人对电影的看法太过于片面。

看来，在“可爱的吉祥物”还没有诞生的年代，日本人就已经成了放弃思考的“可爱的吉祥物”了。

现在拍摄《花筐》的理由

《花筐》这部电影的剧本是我在40多年前，1975年写下的作品，那时我去拜访了原作者檀一雄[①]，征求他的同意将其改编成电影。

在那之后，檀先生就去世了。后来，因为当时我觉得不会有人去看纯文学改编的战争电影，电影改编也不了了之。

① 檀一雄（1912—1976）：小说家。凭借《真说石川五右卫门》获得日本直木文学奖。其遗作《火宅之人》也被改编成了电影。在大林导演向他征求《花筐》的改编权时，他已经罹患晚期肺癌，通过笔记口述的形式写下了最后一章《螽斯》。

当时我很想通过电影来表现“二战”的恐怖，但是40年前，没有人愿意倾听我的这种声音。

事到如今，我终于可以拍这部电影了。

电影有一种作用，就是用有趣的方式，不知不觉地将一些很有冲击力的观点传达给大众。

电影是一种娱乐。

就算是平常不会去思考的事情，被电影带进去了就会开始思考这些事。

我是想通过《花筐》，来让人们思考战争（《海边电影院》也算是这样的电影）。

不能光把电影当作娱乐，而要去感受它背后的哲理。

我心中充满期待，希望这个时代或许可以做到这样，不，不能只是或许，要一定能做到。

这个时代就是如此。

《花筐》唐津电影制作委员会/PSC 2017发行/新日本映画社

《海边电影院》(2020)《海边电影院》制作委员会/PSC 制作公司发行/ Asmik Ace

第四章

坦率地活成自己

小孩子看到的“大人的真面目”

下一个问题是：“要如何计划并完成自己的人生目标呢？”听了这个问题，大林导演回忆起自己小时候的故事。

我算是电影人里面比较独特的了。

一般情况是一个人看了电影，爱上了电影，想要拍摄那样的电影，然后成了电影导演。

然而我在看过电影之前，就开始制作电影了。

在我心中，电影本不是“看”的，而是“做”的。

我是在战争中出生的。

我父亲在我出生后不久，就作为军医参战了。所以我一直都是在母亲的老家尾道[①]长大的。

母亲的老家曾经是一个医馆，姥姥、姥爷、亲戚、护士、帮工等，偌大的家里一直都有20多个人。再加上邻居的青年小伙和老头老太太，我家里一直都有人进进出出，热闹非凡。

老家很大，房子有两层，里面有一间专门准备给得了结核病，将死之人的房间。于是，我小时候不单经历过熟人的离别，而且我意识到自己有一天也必将死去，有时候我甚至觉得死掉的人会跟我搭话。

我的日常生活，仿佛就发生在虚构的空间当中。

好似我就生活在电影当中。

---

① 尾道：日本广岛县东南区域的城市。也被称为“坡道之城”“文学之城”“电影之城”。小津安二郎导演的《东京物语》（1953）就是在尾道取景拍摄的。大林宣彦导演的《转校生》（1982）、《穿越时空的少女》（1983）、《寂寞的人》（1985）也都是如此，被称为“尾道三部曲”。

《转校生》(1982)日本电视台·东宝

我小时候就学到了“人必有一死”这个道理。

但是周围的大人总是太过轻视小孩子，觉得小孩子懂什么打仗。然而大人说的话，我都全神贯注地在听。

大人们得去打仗，所以我们听他们的故事，就理解了现在的战况和大人们的真面目。

在老家的时候，有一位老婆婆非常喜欢我。

我每次去她的房间，她都会在漂漂亮亮的罐头里放上饼干和糖果，所以我特别喜欢这个婆婆。

但是有一回，我打开婆婆的房门，她忽然将那个漂漂亮亮的罐头藏到了炉底下。

那时候我三四岁，那时的我想：“原来婆婆也有小秘密啊。她肯定有特别好吃的零食，不愿意跟我分享，趁我不在的时候一个人吃掉了。”

一直以来，我以为温柔的婆婆仿佛就是为我而存在的，然而婆婆也有她自己的人生，有许多我不知道的事情。我理解了这个道理，也明白想真正地了解婆

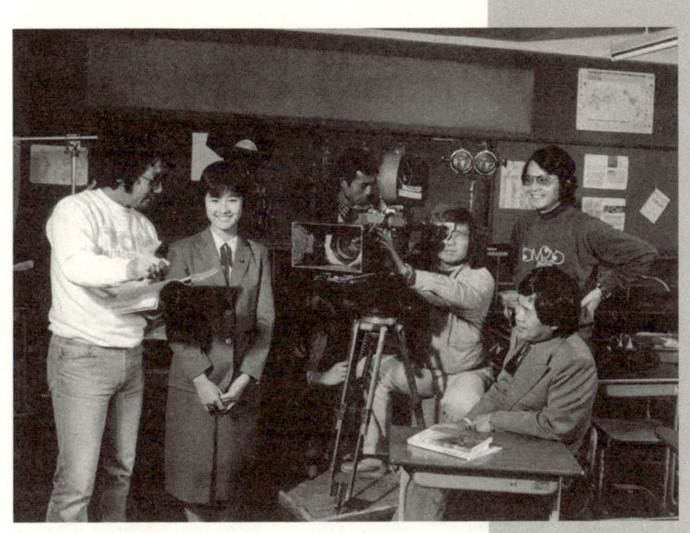

《穿越时空的少女》照片提供/PSC制作公司

《寂寞的人》照片提供/PSC 制作公司

婆，也是件不容易的事情。

就连最喜欢、最信任的人，小孩子也会对他们抱有非常残酷的想法。小孩子们的看法反而最为狠辣。因为对于小孩子来说，吃零食就是最幸福、最和平的事情了，若是有人有零食却对孩子们藏着掖着，那他和孩子们之间就会出现隔阂。不只是对那位老婆婆，小孩们都是这么看大人的。

看来日本是输了……

医馆的老屋，在乡下也算是文化的中心。

家里的姥爷总是整年戴着一顶丝绸帽子，拄着拐杖，坐在人力车上在城里转悠。

然而姥爷一到晚上，就只穿一条兜裆布，坐在大客厅里。警察局局长、邮局局长、黑帮老大等各路人物都聚在大客厅里。大家都只穿一条兜裆布，一边喝酒一边喊着“脱光衣服大家都一样”，谈论着天下国家之大势。尾道还有出名的红灯区，所以每天还有很多艺伎来到老屋，热闹非凡。

因为那时候还没有给小孩子准备的房间，我就在那些大人身边玩双陆棋。

那时候姥爷他们还很有精神，但当《夏威夷·马来海海战》上映之后，他们就变了个样。感觉一下子就蔫了，就像一个拼命躲着警察的小偷。

有一次他们在交头接耳，我就竖起耳朵偷听他们讲话。他们一直在说这里又打输啦，那里又打输啦，又死了多少人。再怎么单纯的小孩子也能意识到，日本可能要打输了。

然而当时的大人们想要对小孩子隐瞒这些事，只跟我们讲些胜利的故事。

大人们经常给我们讲，乃木希典①的两个儿子在日俄战争中战死了，但他还是忍住悲痛占领了203高地。虽说这明明是日俄战争中发生的事，但大人们翻来覆去地说，我们都以为这是太平洋战争的事呢。

又比如说广濑武夫②曾在遭受敌舰的鱼雷攻击时，

---

① 乃木希典（1849—1912）：日本陆军大将。在日俄战争中，指挥了包括占领203高地的旅顺会战。在明治天皇驾崩后殉死。

② 广濑武夫（1868—1904）：日本海军军人。在日俄战争中指挥战舰“福井丸”而战死。

坚持要寻找没有成功逃生的部下而战死。这同样是日俄战争的故事，但小时候我也以为是太平洋战争的故事。

还有抱着炸弹冲锋陷阵的“爆弹三勇士[①]”的故事。那是“一·二八”事变[②]时的事情，我小时候曾想过要成为和他们一样冲锋陷阵的人。

---

① “爆弹三勇士”的故事曾有六个电影公司试图改编。有人甚至还为他们写歌、建造铜像。

② 1932年日本发动的侵略上海的事件。

我没死成，真㞞

而正是在这种情况下，日本输掉了。

我好像早就隐隐觉得日本会输掉，所以当时没有很吃惊。

但是，年幼的我以为要是我们打输了战争，那小孩就会被大人们杀死，要不就得自杀。然而并没有什么迹象表明谁要来杀我，让我很苦恼。就在我不知所措的时候，母亲忽然过来告诉我：“跟妈妈一起洗澡吧。”

她说我们等不到远赴战场的父亲回来了，让我今晚跟她好好说说话。

如今的年轻人可能不理解，因为自我记事以来，我还没跟妈妈一起洗过澡[1]。

当时男尊女卑的思想还很强烈，洗澡是爷爷先去，然后男士按辈分去洗，等最小的我洗完，才是奶奶和女士们去洗。

所以，那是我第一次和母亲一起洗澡，也是我第一次看到母亲的裸体。

让我吃惊的是，母亲的裸体竟然如此美丽。

我第一次知道女人的肌肤是如此细腻柔软。我清楚地记得，我为母亲的美丽而感动。

洗完澡的母亲用剪子剪去了她及腰的长发。然后她穿起了父亲留下的卡其色国民服[2]。我也不像往常一样穿着浴衣，而是穿上了没打补丁的西装三件套。

平常，母亲通常都是在我房间和我聊聊天，然后

---

① 日本有孩子跟父母一起洗澡的习惯。根据家庭的不同，有些家庭里孩子在小学的时候仍和父母一起洗澡。——译者注

② 国民服：1940年日本政府规定所有国民需要穿着的衣装。直到战败前，男士国民服不仅是日常服装，也是礼服；女士国民服是她们的日常服装。

等我睡着了就回自己的房间休息，但是那天不一样。

睡觉的房间里并没有铺上铺盖，而是有两张坐垫。我和母亲面对面坐在坐垫上，中间放着一把短刀。那把短刀，本是那些因肺病死去之人的护身符，通常在他们下葬之前，都要将短刀放在他们胸前。

当7岁的我看到短刀，瞬间理解了一切。

美军驻军将会来到尾道。如果那些被我们称为赤鬼青鬼的欧美军队要是真的来了，可不得把我们生吞活剥……当然确实不可能被生吞活剥，但是我以为男性会遭到暴打，女性会被强奸。虽然我那时候并不懂暴打和强奸是什么意思，但是我知道我们的下场一定会很惨。

所以我知道，在那之前母亲会亲手杀了我，然后再自杀。

我并不感到可怕，反而觉得轻松。

因为如果是妈妈亲手杀死我，那一定不会让我很痛，她一定会温柔地杀死我的。

但是，我死之后，母亲要如何才能一个人将那把短刀刺入她美丽的胸膛呢……

我想着想着，就睡着了。

当我醒来的时候，听见公鸡喔喔喔的叫声，窗子是关着的，缝隙间透出些许微光。

那就像是彩色电影的颜色。

窗外的景色透过窗缝，上下颠倒着映在白色的墙壁上。

当我看见送牛奶的小哥来送牛奶的时候，我想：

“啊，天亮了，我还活着。”

我脑海中清晰的记忆就是这些，之后的记忆都是断断续续的，具体我是怎么活下来的我就不记得了。

“我没死成，真屃。”我感到非常害臊，但也只能活下去。

就在那时候，我听说了朝鲜战争的事。

看来要是把日本的未来交给大人们的话，我们小孩就不得不每天都活在战争的阴影里。

我的心中，只剩下恐怖的感觉。

立川谈志说："我才不想因为癌症就死掉呢！"

我们这一代就是"败战少年"。

既不是战前派，也不是战中派，更不是什么战后派。我们败战少年只能假装自己对政治毫不关心，姑且活着。

我们其中最有代表性的，就是立川谈志。

他特别奇怪，明明是讲古典落语的大师，有时候穿着牛仔裤就坐上了高座[①]。然后忽然说道："今天我才没心情讲什么古典。因为今天大林先生来到了现

① 通常，落语家都需穿着和服上高座表演。——译者注

场，我就专门为你讲一回。”

他就这么撇下四五百观众，单对着我跟我聊了三个小时的政治话题。虽然我跟他根本不算很熟，但也确有其事。大概是因为我们都是从战争中幸存下来的人，彼此之间有某种亲近感吧。

谈志先生在生命的最后，跟我坦白了一些事。

本来我不应该跟大家乱说，但如今谈志先生已经不在了，我就偷偷跟大家讲一回吧。

因为我觉得，这些事情不能不告诉大家。

谈志先生是身患癌症离世的。世人可能觉得他死得很脱俗，但是并不是这样。

他跟我说：

“我，才不想因为癌症就死掉呢。我连‘二战’都活了过来，舒舒服服地过了大半辈子，然后这时候告诉我，我要因为癌症死了？那我活到现在的意义不就没了吗。所以我才不想因为癌症就死了，我要活下去。我真正想做的事其实是……我虽然很喜欢古典落语，可我只是单纯地喜欢以前的日本才干这一行的，只不过是我在变一场虚假的‘魔术’。如今这个世道，早就没有落语故事中那样的日本人了。说着根本不存在的日本人的故事，有什么意思呢？我其实更想去当政治家，或者社会活动家。拿着一把铲子去冲绳，挖开土壤，翻出里面的一两颗未爆弹，那我兴许就能找到活着的意义了。所以我就真的去做政治家了，也去了冲绳。但是我却发现，战败国的政治家，只配大喊‘yes, sir’，其他什么也做不到。所以我喝得酩酊大醉，第二天我就辞职了[①]。大林啊，我只有那段时间真真正正地觉得自己是个日本人啊。”

就在他说出这些大实话的时候，眼泪布满了他的脸庞。

---

① 立川谈志在1971年第一次参选日本参议院议员选举并当选。1975年他赴任冲绳开发厅政务次官，却因为醉酒召开新闻发布会等恶劣事迹引咎辞职。仅仅只做了一个任期的参议院议员便退出了政坛。

能做自己想做的事情，那就是和平到来的证据

我们这一代既是“败战少年”，也是“和平孤儿”。

方才有人问：“要怎么确立人生的目标？”比如我，并不是一开始就想当电影导演的。

在我还小，没有领略到电影魅力的时候，我在家中的储物柜里偶然找到了一台玩具放映机[①]。

① 原本大林导演以为是蒸汽机车的玩具，玩了一段时间才发现是放映机。玩具配有《野狗黑吉》《冒险弹吉》的胶卷。后来大林导演发现胶卷上的画可以擦掉，于是开始自己在胶卷上画画。

虽然我那时候还不知道它是放映机，但我知道那是一种机器。

一开始，我自己拼贴现成的胶卷玩，再后来我自己在胶卷上画画，然后看自己的画通过放映机动起来，我就很开心。

我以姥爷为原型，创作了《笨蛋老师》①，这就是我创作的第一部电影。

小时候玩放映机时，我觉得特别幸福。

我就单纯地想，肯定不只是小孩子，大人也很喜欢玩放映机吧。放映机是能给大家带来笑容的机器，那时候我就想："要是能一直和电影生活在一起，那肯定是最幸福的。"

所以我刚才说，电影对我来说不是"看"的，而是"做"的。

小时候的我并没有想过以后要做什么。因为我出

① 《笨蛋老师》：留着凯撒胡的老头飞来跳去的故事，笨蛋老师就是大林导演的姥爷。

身医生世家，以为自己不得不当一个医生。高三的时候，我清楚地明白考大学的时候必须考医学系。我就想着我考个医学系，然后就每天看看电影过日子吧。

所以我去考了庆应义塾大学的医学系，然而考试的时候，我第一次开始思考一个问题：不是医生的大人，到底是什么样的呢？要是我现在直接从教室走出去会怎么样呢？然后我就真的在考试第一天的中途，直接走出了教室。我放弃了考试。

当我回到尾道，我把放弃考试的事告诉了父亲。

父亲反问我："你不当医生，那你去做什么？"

我直接答道："我去拍电影。"

那是我无意间忽然说出的话。

并不只是因为我曾有过玩放映机的经验，我在日本战败之后天天去电影院，我甚至觉得不看电影，生活就失去了意义。

我跟父亲这么说了之后，就真的开始打算通过电影混饭吃了，我根本就没想过我要做什么计划。

然后我就借着复读的机会，来到了东京，每天看

5部左右的电影，一年之后，我考上了成城大学文学艺术院的电影系。然后开始尝试自己拍摄一些片子，慢慢地我也开始拍一些电视广告[①]。

在我第一次说出自己以后要拍电影的时候，父亲对我说："能做自己想做的事情，那就是和平到来的证据。"他毫不犹豫地就同意了我的想法。

我父亲当年以年级第一的成绩从冈山大学医学部毕业，听说他本来是想从事研究的，但是因为国家要打仗，他就当了军医。战争结束后，他回到家乡继承了母亲家里的医院，成了私人医生。因为战争，他自己没做成他想做的事情，所以当我决定做我想做的事情的时候，他就没有阻止我。

我出发去东京之前，作为饯别礼他送给我一台8毫米摄影机。虽然并不是什么专业摄影机，但我大学四年都在使用这台摄影机。

---

① 大林导演为了挣胶卷钱，给商店街拍摄一些宣传影片。之后他受电通公司制片人的邀请，开始正式拍摄电视广告。在20世纪60年代至70年代间，大林导演共拍摄了2000条以上的电视广告。

那时候我也觉得自己只是个“新手”。自己拍的东西和在电影院上映的电影完全不是一个级别的。

所以那时候我还想过要去当小说家或者画家。我还制作过一些同人杂志，在上面发表了一些作品。

在我开始拍摄院线电影的时候，我也没有改变自己的想法。山田洋次先生曾跟我说过：

“大林先生拍摄的是松竹电影拍不出来的电影。我是拍不出这些的，真是羡慕你啊。”

我一个“新手”，凭我内心对电影的热爱，就这样得到了松竹公司导演的认可。

后继有人是很重要的

每一位想要加入电影界的“新手”，就像是我的孩子。

有一帮比我小20岁左右的年轻导演，称他们自己是“大林Children[①]”。他们也是看了我的《鬼怪屋》，才开始拍电影的。

其中有一个人说：“我也很喜欢看《寅次郎的故事》，但是看了《寅次郎的故事》我不会想去拍电影。

① 大林Children：在《鬼怪屋》于1977年上映之后，拍摄自制电影的大森一树、森田芳光导演，拍摄广告的市川准导演等人开始拍摄商业电影。虽然大林Children并没有具体的划定和组织，但犬童一心、岩井俊二、手冢真、樋口尚文导演等人都属于此列。

大林导演拍摄现场 照片提供/PSC制作公司

可是当我看了大林导演的作品，我觉得我只要拿一台相机就能去拍电影了。”

确实如此，这就是“新手”的好处。

如果想要拍松竹电影，那就得好好学习松竹电影的特点。但是一个“新手”想怎么拍就可以怎么拍，也不会被人苛责。

我虽然经常被影评人说拍的根本不是电影，但是也因为我，大林Children诞生了。而且，我也得以在今天遇见大家——将要在未来制作电影的“新手”们。

我相信，大家一定会成为我的后继者。

后继有人是很重要的。

我只是个“新手”，而黑泽导演、小津导演，还有今井正[①]导演他们更了不起，即使是在大公司里，也在努力保持自我。

---

① 今井正（1912—1991）：日本电影导演。1937年加入东宝电影公司开始导演生涯。战后以自由导演的身份拍摄了很多社会电影。他的作品《纯爱物语》（1957）夺得柏林电影节银熊奖，《武士道残酷物语》夺得同届电影节金熊奖。

小津导演靠着“做豆腐”的功夫成了日本电影巨匠，而我也说了他是受了美国电影的影响。

《东京物语》也是如此，虽以美国电影《明日之歌》[①]为基础，但小津导演也很好地彰显了自己的风格。

今井正导演虽然在战争时期被迫拍摄过战争宣传电影，但在战争结束后他就开始拍摄完全相反的民主主义启蒙电影，不管是什么类型都很好看。他拍摄的战争宣传电影《望楼的决死队》[②]因为打斗场面而风靡一时。而这部电影的基础同样是美国电影。战败之后，他就成为独立导演，拍摄了许多表达对战争厌恶的电影。

他们都是既不让电影丧失魅力，也坚守了自己的想法和哲理的导演。

---

① 《明日之歌》：1937年上映的美国电影。导演莱奥·麦卡雷。讲述了一对老夫妇的房子马上就要被抵押了，但是他们没法得到孩子的经济支援，不得不分居的故事。

② 《望楼的决死队》：1943年上映的日本电影。讲述了日本的边境警察在朝鲜和抗日游击队战斗的故事。由原节子等人主演。

我从来就没拍过“卖座的电影”

对新手来说，没有制度来限制他们。如果真有喜欢战争的人，那他拍鼓吹战争的电影也没什么问题。拍摄电影是很自由的。如果讨厌战争，那就不要害怕在电影中表达对战争的厌恶。

表达的自由，就是要忠于自我。

我放弃医学部入学考试的时候，就决定要走拍电影这条路，忠于自己。虽然当时我不知道怎么用8毫米摄影机拍电影，所以也想过要当小说家什么的。

我与我现在的制作人妻子，是在学生时代相遇的。她决定和我在一起的时候，就做好了要和一个一生不会出名的导演结婚的准备。我们那时候想："不出名要比出名好多了。"

所以我迄今为止，没有想过要拍摄卖座的电影。即使不卖座，我也要坚持拍那种蕴含哲理的电影。

我曾参加在池袋新文艺剧院举办的"大林宣彦电影节[①]"，这个活动放映了30部我拍摄的电影。我看了之后，觉得我确实没有失掉我的初心。

我一边试图传达战争中发生的事情，一边在奇幻片、恋爱片等类型中摸爬滚打。

在"3·11"大地震之后，我开始觉得可以直率地表达自己的哲理了。

比如说，在拍摄《空中之花——长冈花火物语》和《原野四十九日》的时候，我就是想拍"散文电影"。

电影基本可以分成两类：一类是"剧情电影"，另一类是"纪录电影"。而"散文电影"与这两类电

① 大林宣彦电影节：为纪念《花筐》上映，2017年9月在东京新文艺剧院举行的活动。秋吉久美子、常盘贵子等知名演员也在活动中进行了谈话。

影不同，它是将自己的所见所想展开成一篇散文似的电影。

而《花筐》就是我作为剧情电影导演拍摄的散文电影。

虽然每种电影形式的表现方法都不相同，但不变的是它们都在直率地表达自己想要表达的东西。

电影，就是如此。

第五章

直到不再需要电影的时代

是成为“烟火”，还是成为“炸弹”？

第三个问题是：“导演你觉得技术的进步能给电影带来什么？你不担心电影成为单纯的娱乐，单纯地被消费吗？”

电影技术确实在不断发展。

现在已经出现了3D电影、4D电影，曾经我也被问过我是怎么看待这些技术的。

我认为，电影本就是科学技术的产物，是用技术来制作的。

技术的进步能带来更加华丽的画面，当然也能带来更好的娱乐体验。

而怀着将哲理传递下去的具有信念的电影，当然也会变得更华丽、更有趣。

如果两部电影蕴含的哲理相同，那跟小小的屏幕上放映的无声电影相比，在影音效果完美的电影院里观看3D、4D电影确实更好。

看电影这件事，已经不单单是一种欣赏行为，而是成了一种人生体验。一次崭新的体验能够让人的世界观发生变化。

所以我从不否定新的技术。

但是当作者屈服于技术的时候，那作者就成了小丑。

只是单纯依靠技术，而不去制作含有哲理的电影，这是非常危险的。如果因此不小心歪曲了历史，那电影就成了犯罪的工具。

不只是电影，世界上所有的东西都有两面性。只要使用方法出错了，就可能招致无法挽回的后果。

在我拍摄《空中之花——长冈花火物语》的时候，学到了一个词，叫作“散开”。比如说花火，就是由火药引爆，然后在空中“散开”的。

而炸弹也是如此。

两者的区别，只在于一个是从地面打到天上再散开，而另一个是从天上落到地面再散开。从下打到上的能成为祈祷和平的花火，而从上落到下的反而成为了杀敌的炸弹。

战争中的炸弹还能推动经济的增长。而花火与之相反，是金钱的浪费。但是有良心的表达者，一定会选择后者。

而他们拥有的，是孩童一般纯净的心灵。

画家山下清[①]先生曾说过：“要是世界上所有的炸弹都能成为花火，那战争就会从世界上消失了。”

---

① 山下清（1922—1971）：日本画家。其点彩画派的贴画非常受欢迎，被称为“日本的梵高”。在《空中之花——长冈花火物语》中日本民谣乐队Tama的原成员石川浩司饰演了山下清。

山下清先生非常喜欢花火，经常跑到全国各地看花火，他甚至还制作过长冈花火的贴画。我觉得他是在长冈的花火中领悟到了哲理。

在长冈，每年的8月1日晚上10点30分，天空中就会绽放雪白的花火。花火发出的咚咚巨响，和战争时期的声音如出一辙。

当时拜托我拍摄这部电影的长冈市市长告诉我说，有人在那次空袭中失去了双亲，而有人失去了自己尚在襁褓中的孩子，这些人现在依然不忍观看花火。那为什么要继续燃放花火呢？是因为要将这种记忆传递给下一代的孩子们。

为了让不了解战争的孩子们不再发动战争，为了让未来的孩子们不必担心炸弹从天而至，所以要让他们知道升起的花火的美丽。

现在，有“战争的苗头”

长冈在“二战”之前也遭受过战败的洗礼。那次是戊辰战争[1]。戊辰战争中取得胜利的是长州藩，现在他们的后裔仍在日本政坛占有一席之地。

然而在这场战争中，发生了让人非常失望的事。那就是胜利者建立了仅由自己人统治的明治政府。如

① 戊辰战争：发生于1868年的日本内战。交战双方为建立了明治政府的萨摩藩、长州藩和土佐藩为首的新政府军和旧幕府势力奥羽越列藩同盟。

果说坂本龙马[①]能够活下来，或者西乡隆盛[②]能够留在其中也好。但是事与愿违，明治政府变得很不平衡。

当然，得权之人会建立自己的政权是常识。但是明治政府成为由长州藩主导的政府之后，又发生了什么呢？

他们在西南战争[③]中逼死西乡隆盛之后，就发动了中日甲午战争和日俄战争。

他们走上了一条错误的道路：为了发展本国的经济，而去侵略其他国家。

这就是政治，权力的斗争。

而现在的日本正打算回到那个时代。我们曾经经

---

① 坂本龙马：日本明治维新时期的维新志士，促成了萨摩藩与长州藩的军事同盟，然而他本人在1867年，即明治新政府成立的前一年遭遇暗杀身亡。——译者注

② 西乡隆盛：日本明治维新时期的维新志士。萨摩藩人士，在1868年的倒幕战争中做出了杰出贡献，但其后在1870年因政见不合被驱逐出明治政府，在1877年欲发动叛乱推翻政府，同年兵败自杀。——译者注

③ 西南战争：1877年鹿儿岛士族推举西乡隆盛为盟主，发动的叛乱战争，是日本最后一次内战，战场不只限定在鹿儿岛，熊本和宫崎都有受到影响。

历过战争的年代，所以我们能清楚地感受到，战争的苗头已经出现。

渡边白泉[①]创作过一首俳句，他说：“战争，就站在走廊那一端。”如今，我感到战争的影子就徘徊在走廊的尽头。

我仿佛看到了我在战争中死去的友人，又仿佛看到了大家的孩子们。

我有一种紧迫感，感到战争年代确实在逼近我们。

而并不只有我有这种感觉。

比如，冢本晋也[②]导演拍摄过一部电影，叫作《野火》[③]。

---

① 渡边白泉（1913—1969）：日本歌人。在昭和初期推动了新兴俳句运动的发展。战后他不再创作俳句，留下一首点明了战争本质的俳句。

② 冢本晋也（1960—）：日本电影导演、演员。1989年通过自己制作的电影《铁男》夺得罗马国际奇幻电影节金奖。其拍摄的第一部主流电影是根据诸星大二郎的漫画改编的《妖怪比留子》（1991）。

③《野火》：1951年大冈升平发表的小说。分别在1959年由市川昆导演、2015年由冢本晋也导演翻拍。冢本晋也导演的版本由冢本晋也本人担任导演、编剧、制片、主演。

拍摄的时候他跟我说：

“大林先生，我们都是活在‘战前’的人。我努力想在《野火》这部电影中告诉大家战争的恐怖，告诉大家不要再发动战争了。”

家本导演最厉害的地方莫过于，他有比肩小孩子的感性，感受到了“战前”的气息，并通过电影有力地告知了他人。

《听，海神的声音》和《缅甸的竖琴》

战争会带来某种净化作用，战争片也是如此。

日本战败之后，占领日本的美国禁止日本继续拍摄战争片，就连古装片都被禁止了。虽然在某种程度上这么做是对的，因为古装片最核心的就是武士道精神。比如说忠臣藏[①]的故事，日本军国主义政府就曾经利用这个故事，宣传那种对君主献出生命的忠诚。在忠臣藏的故事中，武士们为了自己的君主献出了生

① 忠臣藏：以发生在江户时代的“赤穗事件”为原型改编的歌舞伎、文乐的演出节目。讲述了大石内藏助带领赤穗浪人武士为了赤穗藩的藩主浅野内匠头报仇的故事。

命。我小时候就接受过这样的教育。正是在这种时代背景下，战争片和古装片才被禁止拍摄了。

但是优秀的作者会偷偷背着占领军拍摄战争片。比如，关川秀雄[①]导演拍摄的《听，海神的声音》[②]。这部电影改编自“二战”时期学生兵的遗书。

战争真的非常可怕，看了这部电影，你会发现日本人甚至还残杀过自己的同胞。这部电影毫无保留地展现了这一事实。而我们这些相信军国主义的单纯少年，看完之后，受到了巨大的冲击。

拍摄这样的电影，是很有可能被整个电影界封杀的。关川导演真是拼了命。

而也正是因为有这么一部电影，我们才了解到了战争的真相。

---

① 关川秀雄（1908—1977）：日本电影导演。出道时在东宝电影公司担任导演，离开东宝之后成为独立导演。拍摄过电视剧《白色巨塔》（1967年版）。

②《听，海神的声音》：全称《日本战死学生手记：听，海神的声音》，于1950年上映。1995年出目昌伸导演的《听，海神的声音Last Friend》加入了时空穿越的要素。

在那之后，就是名片辈出的时代。

市川昆[①]导演的《缅甸的竖琴》[②]开了个好头。

战败的日本士兵，在战场上唱起了《陶土小屋》，听到日军歌声的英军忽然也一起唱了起来。这是因为《陶土小屋》本就是英国的民谣。而日军在听到英军的歌声之后，便接受了日本已经战败的事实。场面美到仿佛时间都静止下来。而少年的我看了这一幕，只觉得这怎么可能？要真是这样就不用打仗了，肯定是骗人的。

小孩子总是会怀疑大人说的话，在我看了《缅甸的竖琴》之后，甚至觉得这部如此出名的电影所展现的战争是不正确的。

我现在觉得那时候的我真是不知好歹，竟然质疑市川昆导演那部伟大的电影。但在我和电影界的前辈

---

① 市川昆(1915—2008)：日本电影导演。代表作有《缅甸的竖琴》(1956)、《野火》(1959)、《弟弟》(1960)等知名电影。

② 《缅甸的竖琴》：市川昆曾两次拍摄该作品。1956年拍摄了由三国连太郎主演的黑白电影，又在1985年拍摄了由石坂浩二、中井贵一出演的彩色电影。

们开始来往之后，他们告诉我其实市川昆导演并不反对人们这样想他的电影。

日本刚刚战败的时候，看战争片总是让人感到痛苦。而到了名片辈出的时代，我发现战争片里其实也有很多很棒的电影，而再往后，战争片开始变成享受动作场面的娱乐电影。

应该拍什么样的电影，不该拍什么样的电影？

日本拍摄的第一部娱乐性质的战争片应该是《独立愚连队》[1]。冈本喜八[2]导演在电影中倾注了他对西部片的爱。

当时我在电影院看完这部电影之后甚至感到些许恐怖，战败的日本真的能拍摄这种像极了《关山飞

---

① 《独立愚连队》：于1959年上映的日本战争动作电影，由冈本喜八导演。这部电影致敬了《关山飞渡》等西部片。1960年还上映了续作《独立愚连队西行》。

② 冈本喜八（1924—2005）：日本电影导演，代表作品有《大菩萨岭》（1966）、《日本最长的一天》（1967）、《大诱拐》（1991）等。

渡》的电影吗？

后来我和冈本导演关系变得特别好，他告诉我说：

“大林，你看的《关山飞渡》应该是战后美军留下来的复制品，而我是在战前看的，看完我就发誓：我也要拍这样的电影。所以我当了电影导演，写下《独立愚连队》的剧本。同时我觉得我有必要把战败的经历也拍成电影，所以后来我还写了《肉弹》[①]的剧本。”

喜八先生将两个剧本都交给公司审核，当然，公司会选择更卖座的电影，于是只有《独立愚连队》得以问世。

电影人冈本喜八在这时候可以说有两种人格：一个是单纯地憧憬着《关山飞渡》的冈本喜八，另一个是想要通过电影来表达身份认同的冈本喜八。

所以他和自己的妻子两人筹集了制片费用，拍摄

---

① 《肉弹》：1968年上映的日本电影。冈本导演几乎完全是用自己的钱拍摄的电影，也是其代表作之一。由寺田农、大谷直子等人主演。

了《肉弹》。

他们把自己的钱都拿出来，连房子都拿去抵押，终于成功拍出《肉弹》，其中满满都是导演的心血。

看了这样的电影，你自然就会慢慢明白该拍什么样的电影，不该拍什么样的电影了。

带着想象力，用“身体”感受电影，只有这样你才能明白刚刚那个问题的答案。

这也是我的哲理之一。

类型和技术之前，首先要有哲理

我拍电影的时候，从来没有事先想过我要拍什么样的电影。灵感怎么来我就怎么拍。

东宝电影公司第一次让外部人员拍摄的电影就是我的《鬼怪屋》(1977)。一般这种事是不可能发生的，因为我根本不是专业的。

而正是《鬼怪屋》开了个头，很多业余导演，比如森田芳光[①]、大森一树[②]等人得以获得为电影公司拍摄影片的机会。

只要有自己的哲理，无论是以纯文学为原作改编，还是恐怖片、喜剧片、悲剧片都可以拍出来。

我个人很喜欢悲剧，但我也不只拍悲剧片。我要做的是全力思考哪种类型才能完美呈现我想表达的哲理。

有很多人会先确定自己要拍什么类型的电影，这是非常危险的。一直这么做，会导致最后只能拍出没有哲理的电影。

在一开始就定好的框架里强行插入哲理一定是错误的。

---

① 森田芳光（1950—2011）：日本电影导演。学生时代时就开始自主拍摄电影，其借贷拍摄的《像那样的东西》（1981）是其第一部正式登陆院线的作品。其导演的由松田优作主演的《家族游戏》（1983）、《其后》（1985）等作品使他在其生涯早年便声名大噪。

② 大森一树（1952—）：日本电影导演。高中时开始自己独立制作电影，《橙路特快》（1978）是其第一部院线电影。《希波克拉底的弟子们》（1980）广受好评，之后也导演了许多耳熟能详的作品。

理要先于形。

而技术，跟类型同理。

也是哲理要在先，然后再思考什么样的技术是最适合的。

科学一直都在进步，但我们不能成为科学的奴隶。作为胶片时代的人，我要说人应该去“欺骗”科技，然后有效地去利用科技。比如说如果我们要讲一堂电影技术论的课，我们不先讲清楚电影的总体概念，技术论又从何谈起呢？如果我们直接开始讨论技术，就会犯下和日本在核电技术使用中所犯的相同错误。

如果以后的电影，只让CG[1]做得好的人单去制作华丽的CG画面，那么电影是没有未来的。倒不如说，最会用CG技术的导演拍了一个CG画面都没有的电影，然后说自己最想做的就是这种电影，这才是最好的。

① CG：Comuter Graphics 的英文缩写，是通过计算机软件所绘制一切图形的总称。

“接力”传递下去的和平

我的父亲，本应该成为首屈一指的医学博士，但是因为战争，他没能完成这个心愿，他在我小的时候经常跟我这么说：

“爸爸我从来没想过当医生要赚大钱，我反而希望这世界上要是再也不需要医生就好了。因为只要世界上没有战争，没有伤痛，没有疾病，大家都身体健康的话就不需要医生了。只有没有医生的世界才是和平的。我踏上医学之路，也是为了有一天那样的理想世界会真正到来。”

而身为他的儿子，我决定成为同样的电影导演。

打个比方，假如医院里有个电影科，就像内科和外科那样，那我就要成为这个科室的医生。我拍的电影要像特效药一样治愈人们的心灵。

而其他的电影就不是我该拍的了，我要专注于拍摄治愈世界的电影。

如果世界能够和平……天空晴朗空气清新……无论是老爷爷还是小孩子都健健康康……在这片美丽天空下的草原上，每个家庭都手牵着手睡在上面。

如果这个梦想成真了，那这个世界也不需要电影了。

直到那个时代到来之前，我是不会停止制作电影，并用电影表达我的思想的。

这既是我的哲理，也是我的身份认同。

我明白这样的哲理，所以我现在还在制作电影，现在能在这里讲课。

我不想大家把电影浪费掉。

如果电影最后变得跟“吉祥物”一样，那电影必然还是能赚很多钱的。人们要是都这么想电影，那我

大林导演喜爱的导演椅 照片提供/ PSC 制作公司

就不知道该说什么了。

但是只要大家至少明白：在你要饿死的时候军工企业并不能填饱你的肚子。只要大家至少明白这种程度的道理，那世界终有一天会迎来和平。这不是依靠制度或者权威能够完成的梦想。这是只有“新手”才能做到的事。

黑泽导演也相信电影拥有这种改变世界的可能性。所以他才跟我说：“大林，你要接着我的工作干下去。”

战争在任何时候都可能忽然开始，然而和平的到来却可能要花400多年的时间。

假如我真的能活到400岁，那我一定会用我的电影为世界带来和平，然而现实中我根本不可能活400年。但是只要在我死后，能有人继承我的事业，能像接力赛一样传递下去，总有一天能传递400年，相当于到场的大家的孙子，或者曾孙，等他们拍电影的时候，他们连战争是什么都不知道了。我相信电影拥有这样的力量和美感。

请大家一定要相信我的这番话，这是我对电影人最低的要求了。

相信电影的力量，即使每次只有一点点，也要将对和平的向往留在世间。

即使这个过程再慢也没关系。

现实世界并不和平，并不快乐，但我相信有一天它会变得快乐又和平。

掌权的强者做不到的事情，弱者却能做到，这就是“美好结局”。

电影的职责是将这些“谎言”告诉大家，然后用“谎言”背后的真诚让大家相信。这就是电影的美好。

终章

最后的话

“癌症”教会我的

确诊肺癌这件事告诉了我一些道理。虽然说出来有点奇怪，但是得癌症的感觉其实还不错。

肺癌相当于癌就在我的胸腔里。

癌细胞也是想要生存下去的。正是因为它想活下去所以才吃我的肉，喝我的血。但是也因此，我变得非常消瘦，癌细胞真是傻呀。

它们想活，所以蚕食我的身体，但是我要是死了，它们也活不下去。

癌症相当于寄生虫，而我就是癌症的寄主。

我一直跟癌细胞讲：

“你们想活下去所以蚕食我的身体我能理解。但你们也要聪明一点啊。要是我死掉了你们去哪儿呢？你是寄生虫而我是寄主，你不好好善待一下我这个寄主那我就要死了哦。”

无论哪个人，都想要活得轻松一点。

最好能住在空调取暖兼备的豪宅里，吃着美味的食物，出门开私家车。不断选择轻松的事情，顺从自己的欲望。然后在人类不断的选择中，地球受了多大的伤害呢？

正是人的欲望促使人们发动战争，自相残杀。大家要明白这一点。

无论是全球变暖，还是电影的腐败，都起源于一件事情——人类成了信息社会的奴隶。

一个人知不知道某一件事情，会对他的一生产生巨大的影响，有时候能轻而易举地决定人的一生。

虽说如此，知道一件事情不代表你已经负起了责任。知道一件事之后，要用实际行动去做点什么。然而不这样做的人，太多太多了。

现在电视上多了许多信息分析节目。每个节目都请来评论员，对各种事情进行解说。然而他们只擅长置身事外，对世界上发生的事情评头论足。只要问他们："你们自己打算怎么做呢？"他们就答不出所以然了，因为他们无法站在当事者的角度思考。大家总是在讨论战争的对错，但是当你问他们："你们愿意上战场吗？"所有人都哑口无言了。

而年轻人正是见证了太多这样的事情，如今他们才觉得未来不能交给大人们。

即使只是为了不被年轻人和小孩子看扁，我们大人也不能对世界上发生的事情置身事外，而要参与其中，行动起来。

媒体应该公平地传递各种信息，无论是不能被忘却的国际性事件，还是早该被忘记的花边新闻。

日本现在的危机是人们知道很多事情，但对它们的了解只停留在"知道"这个层面上。

虽说这样的社会是我们一手造成的。

对地球、自然界而言，人类就像是癌细胞，只遵从自己的欲望而活。

那我们总有一天，会像癌细胞一样，毁灭整个地球，从而招致自己的灭亡。

我身上的癌细胞告诉我：“不远的将来，人类就会尝到恶果。”

人类有必要老实一点了。

比如忍受没有空调、没有取暖的生活，又比如出行不再开车……

最近我觉得年轻人已经开始找回了一点心性，他们开始选择自行车而非汽车出行。我们要推广这种行为方式。这种变化不是来源于人类的理智，而是来源于人类的本能。

这就是天意。

就像《花筐》这部电影就不能算是我自主制作的，只能算是天意驱使我去做的，我也只不过是身为作者参与了这个过程的一部分而已。

都到了现在这个时代了，我们还需要这样的电影，这是多么可怕的一件事啊。我只愿不需要这种电影的时代早点到来，那个所有的家庭都能在草原上肩并肩，注视晴朗的天空的时代早点到来。

能让那个时代早点到来的，就是电影。

请大家一定要相信电影的力量和美感。然后成为电影的门徒，倾听世间一切能听到的声音。

电影同时是一种媒体。

电影还需要考虑如何将需要传达的事情传达出去，并且尽可能地扩大其影响力。请不要忘记这一点。

“电影格尔尼卡”

我发明了一个词，叫“电影格尔尼卡”，这是一种思考方法。

“格尔尼卡[①]”一词出自帕勃洛·毕加索[②]的名画。

毕加索本是非常厉害的写实派画家。如果他要是

① 《格尔尼卡》：1937年毕加索以纳粹德国轰炸西班牙比斯开省的格尔尼卡事件为灵感，创作的世界名画。原本非常巨大，而毕加索只花费了一个半月就完成了这幅巨作，当时在巴黎世博会的西班牙馆展出。

② 帕勃洛·毕加索（1881—1973）：出生于西班牙，在法国活动的著名画家。其画风变化多端，根据特征不同可以分为“蓝色时期”“非洲时期”等阶段。代表作品除了《格尔尼卡》还有《亚威农少女》等作品。

一直画写实派的画作，相信他也能名留青史。在他生活的时代，这么做应该更容易出名。然而他并没有这么做，反而创立了立体派，留下了超现实主义作品。

虽然《格尔尼卡》现在已经是享誉世界的画作，堪称“名画中的名画”，但是当年它来到日本的时候待遇可就不一样了。我听见大家都在说：“这算什么画作？幼儿园小朋友都能画啊！”

但是毕加索有他自己的哲理。《格尔尼卡》描绘了“二战”时期毕加索的故乡格尔尼卡遭德军摧毁的凄惨景象。让我们假想一下，如果毕加索用非常写实的画风再现那种惨状的话会怎么样呢？

虽然肯定还是很有冲击力的，但是就不会有那么多人关注了。人们反而想要忘却这种惨痛的回忆，或是抹去它的存在。这样这段历史就会消灭在长河中。更不用说在日本——一个同被毁城市毫无关联的国家，它消亡的速度会更快。

但是现在这幅画就不会被无视，不会被忘却。

毕加索的《格尔尼卡》中，人的两只眼睛都长在侧脸上。如果大人看了只会觉得这根本不可能，因为大人们的思考方式都是写实主义的。

但如果幼儿园的小朋友或是婴儿画画的话那就不一样了。他们可能会想到母亲的双眼无时无刻不在注视着自己的样子，然后在人的侧脸上画上两只眼睛。就算是只露出背影的人，也要给他在背上画两颗眼珠。

通过这种想象力画出来的画，更接近于我说的“心性”。

这种画的哲理就是，要更加接近神所作的画。

这就是《格尔尼卡》。

所以，这个时代的小朋友要是看到了《格尔尼卡》，也能一直观赏下去，仿佛毫不厌倦。

“这个女人的脸为什么是歪的呀？哦，原来是打仗了。这个人的孩子因为打仗死了啊。战争这种东西，还是没有比较好啊。”

就这样，反战的想法很自然、很直接地就传达给了全世界的小孩子们。

我要活到130岁

我拍的电影，就很像《格尔尼卡》。

可以说是“电影格尔尼卡”。

我一点也不在意别人说我的电影不是电影，我就故意要在拍电影的时候，做一些像是“在侧脸上画两只眼睛”的事情。

我在拍摄战争电影的时候，不是单纯地想拍很扎心的战争纪录片，我只是想描绘人们经历战争的记忆。

我第一次使用“电影格尔尼卡”这个词，是我在拍摄《空中之花——长冈花火物语》的时候，但是早在那以前我就一直坚持着这种思想。

在制作“电影格尔尼卡”这件事上，我是很有勇气和自信的。

因为我一直坚持在“侧脸上画两只眼睛”，所以我既赚不到钱，也没怎么被选入年度十佳榜单什么的，但是我为我拍摄的电影感到自豪。

即使其中掺杂着谎言，但我传递的都是真心。

我有妻子，也有家人。

当我想做一个不可能出名的小说家的时候，妻子一直陪伴着我。她和我岁数相仿，也经历过东京大空袭。我们之间的联系，就是通过我们的战争经历建立起来的。

我还有一个女儿，算上女婿我们一家有四个人。

我还有我敬爱的伙伴们——我剧组的成员，还有我的演员们。

还有大家——观众朋友们也一直保护着我。

正是有你们，我才得以坚持不懈地拍电影。

所以我决意我一定要一直拍电影，拍到130岁。不然我就对不起黑泽明先生、新藤兼人先生、今井正先生等一众前辈。

直到战争从世界上消失，我们不再需要电影之前，我会一直拍摄电影的。

如果我中途不幸离世，那时候就要拜托大家，接过我的衣钵。

这是我仅有的一个心愿。

结语

最后一课就到这里。

如果这是一场电影，银幕上就该放出大大的“大结局”（The End）了。

“大结局”对我们电影人来说，一直都是美好的。

虽然世界上的某个地方，也许正发生着不美好的战争，但是我们要相信和平这个“谎言”，这样它背后蕴藏的真情实感总有一天会带来真正的和平。

电影的历史里，包含着饱受战争之苦的人们积累下来的智慧和努力。而且，永远包含着反对战争的哲理。

我认为今天我已经将其中的一部分，而且是最核心的一部分教给大家了。

身为一个电影人，我今天讲授的课不是教大家如何拍出“大结局”的最后一节课，而是教大家如何将美好结局不断传递、延伸下去的第一节课。

你们，就是我的未来。

我期待着未来的和平。

我虽然还想多活几年，但是你们生活的时代早已是我不熟知的时代。我熟知的是一个战火纷飞的时代，而你们的时代是我不熟知的和平时代。你们要让我看到这个时代的模样。

为此，请你们一定要好好利用电影，完全掌握电影。

为了坚持自我，不断表达。

对一切事物负起责任。

诚实且拼尽全力地，表达自己。

在这节课的最后，每当我回想刚刚上课时的情景，我能想起你们每一个人的脸。

认真地听着我的课，有时带着一丝微笑，眼中放出光芒。

你们的眼睛，注视着未来。

而我，看到了你们闪闪发光的眼睛以及你们眼中的未来。

你们听着我的话，想象着未来。

当看到你们闪亮的目光，我觉得未来还是有希望的。

我忽然得到了一股勇气，一股和你们共同前往充满希望的未来的勇气。

我这一代人见证了太多黑暗和讨厌的事物。

而未来的时代，人们要只能看到光明而快乐的事物。

为此，我们不能躲开那些黑暗的事物。这是你们的责任和义务，也是我们所有电影人的责任和义务。

请不要在意世人的评价。

要用我们的双手，将讨厌的世界变成美好的

君たちへ。
君たちは
僕の未来です。
未来の平和を
期待します。
大林宣彦

世界。

电影，是可以带来和平的。

它真的有这样如此强大的力量。

所以，拜托大家了。

图书在版编目（CIP）数据

最后的讲义·大林宣彦：电影即哲学 /（日）大林宣彦著；陈博腾译. -- 福州：海峡书局，2022.5

ISBN 978-7-5567-0961-8

Ⅰ.①最… Ⅱ.①大… ②陈… Ⅲ.①电影－艺术哲学 Ⅳ.①J90-02

中国版本图书馆CIP数据核字(2022)第048555号

图字：13-2022-019号

出 版 人：林彬
责任编辑：廖飞琴　龙文涛
封面设计：孙晓彤

最后的讲义·大林宣彦：电影即哲学
ZUIHOU DE JIANGYI · DALINXUANYAN：DIANYING JI ZHEXUE

作　　者：（日）大林宣彦
出版发行：海峡书局
地　　址：福州市白马中路15号海峡出版发行集团2楼
邮　　编：350001
印　　刷：三河市冀华印务有限公司
开　　本：889mm × 1194mm，1/32
印　　张：6.5
字　　数：87千字
版　　次：2022年5月第1版
印　　次：2022年5月第1次
书　　号：ISBN 978-7-5567-0961-8
定　　价：46.00元

关注未读好书

未读 CLUB
会员服务平台

本书若有质量问题，请与本公司图书销售中心联系调换
电话：(010) 52435752